MELİSA KESMEZ

Atları Bağlayın Geceyi Burada Geçireceğiz

MELİSA KESMEZ Eylül 1980'de İstanbul'da doğdu. Mimar Sinan Güzel Sanatlar Üniversitesi'nde Sosyoloji okudu. Yazarlık, gazetecilik ve fotoğrafçılık alanında eğitim aldı. Yazılı basında kültür sanat yazıları, söyleşileri yer aldı. Tiyatro projelerine çevirmen ve dramaturg olarak dahil oldu. *Atları Bağlayın Geceyi Burada Geçireceğiz, Bazen Bahar, Nohut Oda ve Küçük Yuvarlak Taşlar* adlı dört kitap ve *Anneanne Gezegeni* adlı bir çocuk kitabı yazdı. *Bazen Bahar* ile 2017 Notre Dame de Sion Edebiyat Ödülü'nde Mansiyon alırken; *Nohut Oda, 65.* Sait Faik Hikâye Armağanı'na layık görüldü. Nil'in annesidir.

Sel Yayıncılık, 2014-2018 (11 baskı)

İletişim Yayınları 2791 • Çağdaş Türkçe Edebiyat 483
ISBN-13: 978-975-05-2708-1

1-3. Baskı 2019-2021, İstanbul
4. Baskı 2023, İstanbul

EDİTÖR Kıvanç Koçak
KAPAK ve KAPAK İLLÜSTRASYONU Seda Mit
UYGULAMA Hüsnü Abbas
DÜZELTİ Merve Öztürk
BASKI Ayhan Matbaası · SERTİFİKA NO. 44871
Mahmutbey Mahallesi, 2622. Sokak, No: 6/31 Bağcılar 34218 İstanbul
Tel: 212.445 32 38 • Faks: 212.445 05 63
CİLT Güven Mücellit · SERTİFİKA NO. 45003
Mahmutbey Mahallesi, Devekaldırımı Caddesi, Gelincik Sokak,
Güven İş Merkezi, No: 6, Bağcılar, İstanbul, Tel: 212.445 00 04

İletişim Yayınları · SERTİFİKA NO. 40387
Cumhuriyet Caddesi, No. 36, Daire 3, Seyhan Apartmanı,
Harbiye Mahallesi, Elmadağ, Şişli 34367 İstanbul
Tel: 212.516 22 60-61-62 • Faks: 212.516 12 58
e-mail: iletisim@iletisim.com.tr • web: www.iletisim.com.tr

MELİSA KESMEZ

Atları Bağlayın Geceyi Burada Geçireceğiz

iletişim

Anneanneme...
Benim anneannem bir melekti yavrum.

İÇİNDEKİLER

Balık Kraker

Zili çaldık. Son sekiz yıldır yaşadığımız, iki buçuk ay önce annem tarafından gecenin bir yarısı uyandırılarak apar topar terk ettiğimiz evin zili bu. Babam "Çocukları çok özledim" diye haber göndermiş, "Bir göreyim" demiş. Bir görüp çıkacağız. Annem aşağıda arabada bekliyor. Çok kalmak yok, yaramazlık yapmak yok, arka odalara girmek yok, söz verdirmiş. "Kardeşine sahip çık" diye seslenmiş arkamdan, biz heyecanla tırmanırken bizim kata çıkan merdivenleri.

Açılıyor kapı. Babam. Sakalları uzamış, beyazmış babamın sakalları, biraz da zayıflamış sanki. Gülümsüyor bizi görünce, "Girin, girin" diyor biz ayakkabılarımızı alışık olduğumuz üzere kapıda çıkarmaya çalışırken. Sekiz yıldır yaşadığım eve, olacak iş değil, ilk kez ayakkabıyla giriyorum. Annem görse delirir diye endişe edip parmak ucunda yürümeye çalışsam da buranın artık annemin evi olmadığını, onun kurallarının çoktan hükmünü yitirdiğini anlıyorum girer girmez. Aynı ev değil burası. Başkası. Babam da sanki aynı adam değil gibi. Salona geçiyoruz. Tuhaf geliyor odanın hali. Perdeler kapalı. Televizyon kapalı. Ekşi bir koku içerde.

Yemek masasının beyaz, dantel örtüsü ortaya kadar açılmış, açıkta kalan yere gazete serili, üzerinde yumurtası ekmekle sıyrılmış bir tava. Dibinde çayı kurumuş birkaç bardak. Yerde iki torba dolusu boş bira şişesi. Bitmiş Samsun paketleri, çerçöp. Sağda solda top yapılmış çoraplar. Sandalyelerin arkasına asılmış çeşit çeşit gömlek, ceket. Beri yanda annemin dantelleri, annemin menekşeleri, annemin bordo koltuk takımı, annemin zigon sehpası, annemin vitrinin içine dikkatle dizilmiş kristal bardakları. Annemin her şeyi. Hâlâ orada.

"Bir toplu iğne bile istemiyorum," demiş annem iki gün evvel mutfakta anneanneme, ben dinlemiyor gibi yapmışım ama duymuşum hepsini, "Her şey onun olsun!"

Arka planda annemden kalan eşyalar, önde bekâr babamın omuzları düşük yalnızlığı. Yıllar sonra tüm detaylarıyla hatırlayacağım bir resim bu. Bir yabancı gibi ucuna iliştiğim kanepede, karşımda gördüğüm, körpecik çocuk kalbimi lime lime eden bu tezat unutulacak gibi değil. O zamanın modası mermer sehpanın üzerinde, sadece misafirlerin sigaralarını silkmesi için konmuş dev kristal küllük, ağzına kadar izmaritle dolu. Babam, ütüsüz gömleği ve uzamış sakalıyla, pembe çiçekli perdenin önünde, elindeki sigarayı silkiyor kristal küllüğe. Annemin kabartmaktan bir hal olduğu yastıklar, üzerinde uyunmaktan sünmüş. Odayı boydan boya kaplayan gül desenli halının her daim muntazam, evde koşturup da dağıttığımız vakit illaki azarlandığımız saçakları feleğini şaşırmış. Devetabanının susuzluktan boyu bükük. Perdenin bir ucu kornişten kurtulmuş, kendini asmış uzun elbiseli bir kadın gibi, boşlukta salınıyor.

Babamın bir kahraman değil de sıradan bir adam olduğunu fark ettiğim ilk an, onca hüzünlü hatıramız arasında, sanırım o andan başkası değil. Karşımda kılıcını yere indiriyor usulca babam, pelerinini çıkarıp sandalyenin üzerine atıyor. Sokakta gördüğüm sıradan adamlardan biri şimdi. Kara gözlerindeki ışıklar sönmüş. Sigaradan sararmış bıyığını yakalıyor alt dudağıyla, omuzları önde, yere bakıyor. Lafa nereden başlayacağını bilemezken, sigarasının külü uzayıp uzayıp sonunda annemin beyaz dantel örtüsüne düşüyor. Fark etmiyor külünün düştüğünü. Üzgün babam, yorgun. Yine de belli etmemeye çalışıyor. Ben de onun üzgün olduğunu anladığımı... Karşılıklı bir "her şey yolunda, iyiyim ben, merak etme" tiyatrosu oynuyoruz yarım yamalak gülümseyerek. Hakkında konuşmamak icap eden şeyler var, içimizi kemirse de sormamak lazım gelen sorular.

"Aç mısınız?" diyor, sonunda sıradan bir soru sorabilmenin sevinciyle. Biz aynı anda "hayır" anlamında başımızı sallıyoruz. Annemin misafirlik adabı adı altında habire tembihlediklerinin arasında bu da var: "Açlıktan ölseniz bile, aç olduğunuzu söylemeyin, ayıp." Evimiz çoktan başkasının evi olmuş, kendimizi misafirlikte sanıyoruz. Mutfağa gidip iki litrelik bir Fanta'yı getirip koyuyor önümüze babam, iki kristal bardak indiriyor vitrinden, şu annemin sadece misafire çıkardıklarından. Şaşırıyoruz, çünkü annemin bize Fanta içirdiği görülmemiş hiç. "Dişleriniz dökülür valla" diye korkutmuş, elimiz varmıyor hiç asitli meşrubatlara. Canımız ne kadar çekse de söz dinliyoruz, içmiyoruz. Koltuğun kenarındaki siyah bakkal poşetlerinden birine elini daldırıp, bir şey arıyor, sonra bir paket balık kraker çıkarıyor, açıp önümüzde koyuyor babam. Tereddüt etmeden birer tane alıyoruz kardeşimle. Balık krakeri hep yaptığımız gibi, iki dişimizin arasında dikine ikiye bölüp, sırayla ağzımıza atıyoruz. Biz gittikten sonra her şeyin bambaşka bir hale büründüğü o evde, eski bir ritüeli hayata geçirmek tatlı bir hava estiriyor. Tanıdık bir his. Balık krakerler gibi gülümsüyoruz kardeşimle. Galiba içeri girdiğimizden beri ilk kez. Yasak olduğunu bile bile bir dikişte içiyoruz Fanta'yı kristal bardaktan. Hayatımız boyunca annemin kurallarla dolu dünyasına tezat bu paralel baba evreninde, hayat hep bayram olacak, henüz bilmiyoruz. Bunun babamın sevgisinden mi, yoksa babalık maharetlerinden yoksunluğundan mı olduğunu ise hiçbir zaman bilemeyeceğiz. İkinci bardağı dolduruyor babam. Eve girdiğindeki şokunu atlatıp neşesi yerine gelen kardeşim, birkaç komiklik yapıyor. Okulda öğrendiği bir fıkrayı anlatıyor. Ona gülüyoruz hep birlikte. Babam, ben, kardeşim. Annemsiz gülüyoruz, bizim evimizde.

Ne zaman sonra bir korna sesi geliyor dışarıdan. Annemin kornası bu. Panikle kalkıyoruz ayağa, kapıya koşuyoruz. Kısacık bir veda anı. Sarılamıyoruz babama. O saçlarımızı okşarken, kurtuluveriyoruz elinden, eli havada kalıyor.

Kardeşim önde, ben arkada merdivenleri inerken arkama bakıyorum, tırabzanın demirlerinin arasından babama bakıyorum son bir kez, göz göze gelmiyoruz.

Basamakları koşa koşa inerken "Anneme bir şey anlatmak yok!" diye tembihliyorum kardeşime.

"Herıld yani" diyor. Neşesi yerinde.

Tam apartmanın kapısından çıkacağız, bir ayağını kapanmasın diye ağır kapıya dayamış, çocuk bıyıklarındaki turuncu ıslaklığı koluna silerken "Hele Fanta'yı, sakın söylemeyelim!" diye fısıldıyor. Babama ne kadar benziyor.

Sakin Göllerin Kuğusuyduk

"Bu hayat, bir hayatsa bunun adı hâlâ, bana göre değil. Aklımı oynatmak üzereyim. Bırakıyorum ben işi" yazıp send tuşuna bastım. Alıcı satırında derginin genel yayın yönetmeni var. Dört yılımı geçirmişim onunla aynı çatı altında. Sevmişim de sevmesine birlikte çalışmayı, iyi adam ama hayat falan kalmamış işten arta kalan zamanda. Klişe olacak, olsun, bildiğin insanlıktan çıkmışım. Her gece geç saatte eve gelip televizyon karşısında bir saat kalıyor, kendimi güç bela yatak odasına taşıyıp sabah alelacele terk ettiğim yorgan-yastık-çarşaf yumağına karışıyorum. Bir çuval patates nasıl yaparsa bu yaptığımı, aynen öyle. Hayat dediğim şeyin karşılığında bu var; 3-4 saatlik bir pause. Ne arkadaş kalmış bu hengamede, telefonları yavaş yavaş seyrelip sonunda susmuş, ne bir erkek kalmış civarda, en son ne zaman birini öpmüştüm? Ömrüm bilgisayar başında, başkalarının hasta yazılarını iyileştirmekle geçiyor. Masada illaki soğumuş, içilememiş, en az iki çay. Saçlar tepeden kalemle tutturulmuş. En son ne zaman kuaföre gitmiştim? Ekrana bakmaktan yuvasına kaçmış panda gözlerim her aynaya baktığımda kederime keder ekliyor. Tim Burton'un öyküsündeki "bakan kız" gibi tatile göndermek istiyorum gözlerimi. Soru işaretine dönmüş sırtımı da göndermek istiyorum aynı tatile. Yemeksepeti'nden beslediğim, gastrit, reflü ne varsa, bütün modern hayat hastalıklarına maruz bıraktığım midemi de. Gazetecilik hayallerimin bununla alakası yoktu. Hayat işte. Evde hayal kuruyor, sonra sokağa çıkıyor ve hepsini tek tek gömüyorsun bir yerlere. Hayatın aklındakiyle alakası yok. Eter koklatılıp bayıltılmış ve hiç bilmediğim bir yere getirilip bırakılmış gibiyim. Eve dönmek istiyorum artık. Kendime dönmek.

Sabah beni odasına çağırdı. İstifa mailimi gece geç saatte okumuş. Gözleri endişeli. Tartışıyoruz. Hayatımda ilk kez bu kadar kararlıyım. "Gidemezsin" diyor. "Gitmek zorundayım" diyorum.

"Emin misin?"

"Evet!"

Derginin bir sonraki sayısının kapağı masasında duruyor. Benim onaylamadığım kapak. Çoktan yabancılaşmışım olan bitene, içimde şu kadar didişecek enerji yok, çoktan boşandığım kocam olmuş dergi, "ne hali varsa görsün" tarafındayım artık dört yıllık ilişkimizin, yok, çok kararlıyım, gidiyorum.

O akşam ofisteki herkesin çıkmasını bekledim. Hepsi, tek tek bilgisayarlarını kapatıp yüzlerinde bir günü daha bitirmiş olmanın yorgun zaferi, tekerlekli koltuklarını geriye itip ayaklandı. Tüm gün onlara yarenlik eden, üzerinde her birinin hayatından izler taşıyan, birisinde "yılın annesi" yazan, diğerinde Çarşı logosu olan, bir diğeri sadece lacivert fincanlarını mutfak lavabosunun içine bırakıp koridorda kayboldular. Server'ın uğultusu dışında çıt yok içeride. Havalandırma susmuş, printer susmuş, telefonlar susmuş. Önce bir sigara yaktım. Yasak umurumda değil. Alarm buyursun ötsün. İnsanın nerede sigara içeceğine karar veren bir icada zerre itimadım yok.

Masadaki eşyalarımı toplamaya koyuldum. Kimseyle vedalaşmayı niyetli değilim. Sessizce gitmek istiyorum. Kimseye bir açıklama yapasım da yok. Kimsenin üzülen gözlerini göresim de. Düşününce, duygusal olmayı gerektirecek bir hikâyemiz de yok iş arkadaşlarımla. Her gün aynı duvarlar arasında oturduğum, öğle yemeğinde kocalarıyla olan dertlerini dinlediğim, yeni bebeklerinin bütün fotoğraflarına maruz kaldığım, her fırsatta birbirini çekiştiren bir ofis dolusu insan. Unut, gitsin. Çekmeceleri boşalttım. Dört yılda amma çöp biriktirmişim şu minnacık masada. Hepsini attım. Eski dergileri, kitapları, telefon defterlerini, basın bültenlerini, raptiyeleri, ispirtolu kalemleri, kurumuş, ölmüş gitmiş, saksının içinde bir sap kalmış krizantem çiçeğimi, üzerinde Galata Kulesi olan fincanımı. Panoma astığım sarı post-it kâğıtlarındaki bütün hatırlatmaları. Kartvizitlerimi. Hepsini battal boy bir çöp torbasına doldurdum. Bilgisayardaki bütün dosyaları sildim peşine. Geri dönüşüm kutusu şaşkın; durmadan "Bu dosyayı kalıcı olarak silmek istediğinizden emin misiniz?" diye soruyor. Bütün sorulara cevabım hazır, "Evet!" Eve götürmek istediğim hiçbir şey yok. Eminim. Vallahi billahi yok. Yok işte.

Dışarıdan bakıldığında çok katlı bir binanın ışık yanan tek odasında çıldırmış gibi her şeyi torbaya dolduran bir kadın var. O kadın benim. Birileri cinnet geçirdiğimi düşünüyor olabilir. Bense çok sakinim. Basbayağı gidiyorum işte. Hikâyenin bundan sonraki bölümünü daha yazmamışım. Yine de içimde minnacık bir şüphe yok. Şu kapıdan çıkıp eve gideceğim, telefonumun sesini kapatıp, perdeleri çekip uyuyacağım. Gerisine uyandığımda bakarız.

Çöp torbasını asansöre kadar sürükledim. Hayır, tam kapıdan çıkarken dramatik bir şekilde geriye dönüp son kez boş odaya bakmadım. Boş masaya, açık bıraktığım çekmecenin içinde unuttuğum yalnız ataşa, tekerlekli koltuğumun masa ve printer arasındaki seyahatlerimi belli eden izlerine, bilgisayarın kenarına vakti zamanında yapıştırıp az önce sökeceğim diye yarısını yırttığım "love will tear us apart" çıkartmasına bakıp hüzünlenmedim. Sandalyenin arkasından ceketimi aldım, ışığı kapattım, torbayı peşim sıra sürükleyip koridoru baştan sona yürüdüm. Asansörü çağırdım, asansörün aynasında saçımdaki kalemi çıkardım, zemin kata geldim, poşeti binanın önündeki diğer çöplerin arasına bırakıp eve gittim. Yok hayır, kaldırımda yürürken de, kafamı geri çevirip altıncı kattaki karanlık pencereye bakmadım.

Uyandığımda perdenin arasından burnunu uzatan cılız bir gün ışığı duvara boydan boya bir çizgi çizmiş. Sabah olmalı. Ama hangi günün sabahı fark etmiyor. Yetişmem, yakalamam gereken bir şey yok. Uzanıp telefonumu aldım. Ekranda 23 cevapsız çağrı. Baktım, içlerinde annem yok. Her şey yolunda yani. Gerisi mühim değil. Bilgisayarı açıp bildiğim tek uçak bileti sitesine girdim, ertesi güne bir bilet aldım. Bangkok'a. Annemi aradım, derginin beni yurtdışında bir etkinliğe göndereceği haberini verdim. Sevindi, "Çok sıkıldın. Bak ne güzel sana da değişiklik olur. Varınca ara beni" dedi. Sonra kahve yaptım kendime. Balkona çıktım.

* * *

Uçaktan indiğimde başka bir gezegene ışınlandığımdan eminim. Nem ve sıcak daha önce deneyimlemediğim bir kombinasyon yaratmış, adım atmıyorum da havada yüzüyorum sanki. Yol boyunca aklımda tek bir şey var. İşten aniden istifa edip 12 saat doğuya uçma sebebim beş yıldızlı bir tropik tatil yapmak, kâğıt şemsiyeli renkli kokteyller içip Tay kızlara sırtımı çiğnetip kulunçlarımı kırdırmak falan değil. Bir dağ kasabası var Tayland'da, kuzeyde, Burma sınırına yakınmış diyorlar, adı Pai. Birkaç ay evvel "yavaş şehirler" diye bir dosya hazırlamıştık dergide. Orada duymuştum adını. Yazmıştım aklımın kenarına. Oraya gitmem gerek. Neden inatla orası bilmiyorum. Her şeyi bilemem.

Bangkok'tan Pai'ye en yakın şehir Chiang Mai'ye gitmem saatler sürdü. Hayatımda bindiğim en süslü otobüsle, hiç bilmediğim şehirlerin içinden geçtim. Mor renk drapeli perdeler, kırmızı üzerine yeşil desenli koltuklar, altın rengi süslemeler içerisinde, kulağımda Pink Floyd, on saat gözümü kırpmadım. Merkezî sinir sistemim fazla uyarılmış olmalı.

Otobüsten iner inmez bindiğim Pai minibüsünün dağ yolunda döne döne üç saat gideceğini öğrendim yanımdaki Hollandalı gay çiftten. Üç saat daha dayanmak zorundayım. Daha evvel gitmişler, bir tanesi, yakışıklı olan, bana önceki gelişinde Pai'den aldığı tişörtünü gösterdi. Üzerinde "762 Curves to Pai" yazıyor. "Yavaşlamak o kadar kolay değil tabii" dedim. Kötü esprimi anlayıp yine de güldü. Sevgilisi görev icabı bir Avrupalı gülümsemesiyle cevap verdi. Yol boyunca susmaya karar verdim. Tam 36 saattir uyumuyordum.

Yeryüzünde muz ormanı diye bir şey varmış. Gördüm. Öyle özenle yetiştirilmiş, düzenli bakımı yapılan, pahalı tatil köylerinin suni bahçelerindeki gibi değil, bildiğin yol kenarında gelişi güzel bitmiş bir sürü muz ağacı bahsettiğim. Rahat bıraktığımızda doğa nasıl da güzel bakıyor başının çaresine. Biz hiç elimizi sürmeden, ne büyük işler başarıyor tek başına. Pai'ye gitmek üzere bindiğim minibüste bunu düşünüyorum. Minibüs daracık dağ yolunda keskin virajlar dönerken, bazen sağa bazen sola denk gelen uçurumda sarı yeşil muzlar parlıyor.

Pai'ye vardığımda ilk gözüme çarpan yolun kenarına iliştirilmiş bir kırmızı tabela oldu, üzerinde "Slow Down In Pai" yazıyor. Tabelanın altında sanki turistleri mekânın uyuşuk mizacına ikna etmek için görevlendirilmiş, uyuz bir sarı köpek uyuyor. Daha sonra kasabanın simgesinin de uyuyan köpek olduğunu öğreneceğim. Kalacak yerle ilgili en ufak fikrim yok. Yürümeye başladım. Etrafta uyuklamaktan, sağda solda bayılıp kitap okumaktan ya da içmekten başka yapılacak bir şey olmadığını fark etmem için yarım saatlik bir tur atmam yetti. Bana iyi gelecek yerdeydim. Burada durmak mümkündü galiba, hiçbir şey yapmadan durmak.

Sokaklarda çoğu hippi, ya sıcaktan ya içtikleri türlü naneden baygın insanlar dolanıyordu. Sağa sola serpilmiş, üzerinde "I Did Nothing In Pai" yazan kupalar, uyuyan köpek resimli magnetler gibi turistik ıvır zıvır satan dükkânları görünce, dünyanın sonuna da gitsem, vahşi kapitalizmin girmeyeceği delik olmadığına ikna oldum. Ne kadar kaçarsan kaç, asla kaçamayacağın şeyler vardı. Derken köşede dev bir 7-Eleven tabelası dikkatimi çekti. Safran rengi cüppeleriyle iki Budist rahip, dükkânın önündeki banka oturmuş, çubuklu Algida dondurma yiyordu. Hemen önlerinde, yolun ortasında –yoldan araba geçmiyordu burada–, fisherman pantolonlu, biri pembe saçlı iki kız poi çeviriyordu. Bir duvar yazısına gözüm takıldı, hemen arkalarında, 7-Eleven'in yan duvarına, sprey boyayla stencil usulü, İngilizce yazılmış: "Hayatta sahip olduğumuz iki kıymetli şey var. Biri zaman, diğeri enerji. İkisini de boşa harcamak konusunda birbirimizle yarışıyoruz." Pai bana kendini sevdirmek için elinden geleni yapıyordu. Ama onun da kafası karışıktı, bu aşikârdı.

Biraz dolandıktan sonra "Mojito Guest House" tabelasının altındaki kapıdan girdim. Beklentilerim düşük ama yine de tedirgin sayılırım. Beni Pai'de ne bekliyor?

"Odanız var mı?"

"Evet."

"Ne kadar geceliği?"

"100 baht."

"Tamam. Tutuyorum."

Resepsiyondaki, kaç zamanda edindiğini merak ettiğim koyu renk tenine rağmen, Kuzey Avrupalı olduğundan şüphelendiğim kızı takip ettim. Kız, Asyalı olamayacak kadar uzun ve güzel bacaklarıyla virane binanın koridorlarını hızla adımlayıp bir kapıdan tekrar dışarı çıkardı beni. Bir bahçenin ortasında birkaç ahşap kulübe. Az ileride nehir akıyordu. Kahverengi, neşeli bir su. Bahçe kocaman yapraklı ağaçların gölgesinde, küçük ama alabildiğine yeşil. Bugüne kadar sadece nevresim takımlarının üzerinde gördüğüm renk renk, kocaman çiçekler vardı her yerde. Gerçektiler. Biz toprak patikada ilerledikçe türlü hayvan kaçıştı sağa sola. Bir kurbağa önce. Sonra uyuşuk bir kertenkele. Peşine panik atak bir çekirge. Sürüyle siyah kelebek. Vızıldayarak kulağıma pike yapan tüylü eşek arıları. Hiç duymadığım bir kuş sesi. Kafamı kaldırıp bu sesin ne menem bir kuştan çıktığını görmek istedim. Gür yaprakların arasında mavi bir kuyruk yakaladı gözüm. İçlerinde göremediğim birtakım canlıların yer değiştirdiği aşikâr, hışırdayıp duruyordu çalılar. Aşı olmadığım için pişmandım. Çantamda bir böceksavar olmalıydı ama. Kulübelerden birinin kapısını açıp "Burası" deyip kayboldu kız. Tropik hayvanları belgesellerde sevmek, sevmelerin en güzeli olmalıydı. Pai cennet mi, cehennem mi? Karar veremedim.

Biraz canım sıkkın içeri girdim. İlk kontrol ettiğim şey pencerede tel olup olmadığı. Yavaşlamaya gelip de tropik bir dört bacaklı tadıma bakacak diye ölmeye niyetim yok. Sonra... Sonra bayılmışım. Yorgunluktan. Rüyamda annemi gördüm. Ananas soymuş, bıçağın ucuna saplamış, bana uzatıyordu televizyonun karşısında, bir gözü "Kuzey Güney"de, bir yandan da kızıyordu bana, "Hiç meyve yemiyorsun!" diye.

Uyandığımda geceydi. Deli gibi açtım. İlk bulduğum restorana girdim. Fotoğraflı mönüden bakarak bir şeyler söyledim. Papaya salatası. Chiang Mai sosisi. Ananaslı, karidesli ve yumurtalı pilav. Risk aldığımın farkındayım. Bir de Chang marka bira. Chang'ın Tay dilinde fil anlamına geldiğini daha sonra öğreneceğim. Sosisin hangi hayvandan yapıldığını hiç sormayacağım ama.

Orada epeyce oturdum. Üç gün öncesini düşününce, handiyse ışınlanma diye bir şeyin olduğuna inanacağım. İlk sahne: Şubat, İstanbul, Maslak'ta bir plazanın altıncı katı, susmayan telefon, dışarıda pis bir yağmur. Şimdiki sahne: Pai'deydim. Sıcak ve nem, yılışık bir sevgili sanki, eli kolu her yerimde. Bira buz. Bu kaçıncı? Hatırlayamadım. Dünya haritasındaki yerimi düşündüm gözlerimi kapatıp. Çocukken misafir odasındaki masanın altına saklanıp saatlerce inceledikten sonra üzerinde uyuyakaldığım, *Günaydın* gazetesinin verdiği atlas geldi gözümün önüne. Zihnimde bir çizgi çizdim İstanbul'dan Pai'ye sekiz yaş işaret parmağımla. Üç gün önce ofiste üzerimdeki koyu renk boğazlı kazağım, yün eteğim, dizime dek çıkan çizmelerimden sonra, bugün bu bitli restoranda, üzerimde limon küfü bürümcük bir elbise, parmak arası terlikler ve hasır şapka ile dev bir devamlılık hatası gibiydim hayatımın ortasında.

Ayaklanıp biraz yürümeye karar verdim. Nehir kenarına indim. Bir Boğaz değil ama su kenarında olduğunu bilmek yetiyor insana. Su akıyor, deli bakıyor işte. Oturdum, bir sigara yaktım. İyiydim. Güldüm kendi kendime.

Ne zaman sonra, biraları da devirmişim, gevşedim, verdim sırtımı toprağa, börtü böcek umurumda değil. Gevşedikçe gevşedim. Sanki yıllardır oradaydım. Derken bir ses duydum. Tanıdık bir ses. Nehrin karşı yakasında, tepesinde tek bir ampul parlayan masadan geliyor. İki kişiler. Çok iyi bildiğim bir şarkının sesiydi bu duyduğum. Şaka mı bu? Delirdim ya da ben sonunda. Veya İstanbul'daki yatağımda hiç uyanmadım, üzerimden dört yıl boyunca buldozer gibi geçen editörlük maceramın yorgunluğu günler sürdü, hâlâ uyuyorum, bu da bir rüya. Biraz daha kulak verdim. Yok, basbayağı Ahmet Kaya bu çalan. *Sakin göllerin kuğusuyduk, salınarak suyun yanağında, yarılan ekmeğin buğusuyduk, gözüm yaşarıyor, yüreğim kanıyor, olmasaydı sonumuz böyle.* Fırladım hemen. Tahta köprüye doğru yürüdüm, koşar adımlarla geçtim nehrin üzerinden, masaya yaklaştım. Yakına gelince iki erkek olduklarını anladım masadakilerin. Derhal masanın üzerindekileri yakaladı gözüm. İki kadeh rakı, beyaz peynir, bir de kavun.

Yaklaştığımı gördüler. Bana bakıyorlar merakla, yanlarına varıp "Merhaba" dedim, Türkçe. Birbirlerine bakıp güldüler önce, sonra karşılık verdiler, Türkçe. Ben de güldüm. Masanın kenarındaki laptop'tan geliyor müzik, hâlâ Ahmet Kaya çalıyor. Öyle saçma ki durum. İnsan bazen ne kadar uzağa giderse gitsin, galiba bazı şeylerden gidemiyor. Hemen bir sandalye daha getirdi arkadaki bungalovdan biri, diğeri bir bardak koydu önüme, doldurdu.

En fazla 35 olmalıydı yaşları. Benden yaşlı ya da genç olduklarını gösteren bir alamet yoktu hallerinde. Güneşte gevremiş, kaşları dahi sararmış iki adam. Bizim oraların çocukları oldukları her hallerinden belli.

"Dakika bir, gol bir. Daha birkaç saat oldu Pai'ye geleli. Aslında Tayland'a geleli de bir gün oldu sayılmaz" deyiverdim. Heyecanlanmıştım.

Daha girişken olan atıldı: "Bize de sürpriz oldu. Böyle 'Merhaba' diye masada bitince biri. O zaman hoş geldin!" Kadehler çarpıştı.

Durumun gerçek olduğundan şüphelerim vardı. Hangi iki manyak Pai'ye gelir de, nehrin kenarında çilingir sofrası kurar, Ahmet Kaya dinlerdi? Kimdi bu adamlar? Meraktan ölecektim.

"Ne yapıyorsunuz burada? Tatil mi?"

Konuşkan olan cevap verdi. Diğeri pek konuşmuyor, sadece bakıp gülümsüyordu.

"Yok, biz burada yaşıyoruz."

"Pai'de mi?"

"Evet."

"Hadi canım! Şaşkınlığımı maruz görün. Şoktayım hâlâ."

"E, normal. Pek buraların havası değil." Masadakileri işaret etti.

"Tayland'da ne yapıyorsunuz peki?"

"Uzun hikâye. Anlatması zor."

"Vaktim var. Burada pek yapacak bir şey yok galiba" deyip güldüm. "Merak içindeyim. Dinliyorum."

"Beş yıldır... Beş yıl oldu mu yahu! Evet, evet, beş yıldır buralardayız işte. Önce ben geldim, sonra da Ali. Bu arada tanıştırmadık kendimizi. Ben Uğur, o da Ali."

"Ben de Nazan. E, nasıl oldu buraya gelişiniz peki? Burada mı tanıştınız?" dedim.

"Yok. Üniversiteden tanışıyoruz aslında. Diyarbakırlıyız biz. İstanbul'da birlikte okuduk. İstanbul Edebiyat'ı bitirdik. Okul bitince iş bulduk, edebiyatla alakası olmayan işler işte, birkaç yıl öyle takıldık."

"Sıkılıp biraz uzağa gidelim mi dediniz yani?"

"Tam olarak öyle değil. Ortalık epey karışıktı o vakitler. Şimdi anlatması uzun şeyler oldu. Tatsız şeyler, bilindik hikâyeler işte. Anlatıp da tadını kaçırmayayım. Tutunamadık. Gitmek gerekti. Baştan başlamak gerekti yeni bir ülkede. Kalsak iyi olmayacaktı. Avrupa'ya gitmek zor. O sıra Ali'nin bir tanıdığı buralara gelmiş, anlatmıştı biraz. Biz de kapattık her şeyi. Beş sene önce göçtük buraya."

"Vay arkadaş! Bir deli ben değilim demek. Yerimiz yurdumuz da yakınmış. Mardinliyim ben de."

"O zaman bir kadeh de buna kaldıralım. Mezopotamya'dan çok uzakta bir masada, üç Mezopotamya çocuğuna" dedi bardağını bana doğru uzattı.

Ali söz aldı sonra. Masaya oturduğumdan beri ilk kez bir cümle kuracaktı.

"*Yola çıkmak! Yitirmek ülkeleri!*"

O da kadehini kaldırdı.

"Yola içelim o zaman" dedim.

Kadehler çınladı. Gözler buluştu bardakların ardında. Hafiften sulanmış gözler.

"Burada ne iş yapıyorsunuz peki?" diye sordum.

"Nazar boncuğu işindeyiz. Dükkânımız var. Nazar boncuklu aksesuarlar, takılar, süs eşyaları falan yapıyoruz" dedi Uğur.

"Romanlık hikâyeniz varmış."

"Öyle" dedi, sırıttı.

"E, peki yalnız mısınız? Böyle iki başınıza mı yaşıyorsunuz? Aile falan?"

"İkimiz varız bir tek. Şu arkada kalıyoruz hemen. Burada biraz zor arkadaşlık, sevgililik!" deyip güldü. Al bastı yanaklarını. Gereksiz bir çıkış yaptığını düşünüp hemen konuyu değiştirmek için "Sen ne yapıyorsun?" diye sordu.

"Bir bilsem ne yaptığımı!"

"Sen neden kaçtın diye sormak daha doğru olacak sanki?"

"Doğru dedin. Bir dergide editördüm ben. Gece, gündüz, hafta sonu demeden dört sene çalıştım. İş yüküm ağırdı. Sonunda delirmekten korkup üç gün önce istifa edip uçağa bindim."

"Aman diyeyim! Çok ani olmuş. Korkmadın mı hiç?"

"Korkmadım herhalde. En azından sen sorana kadar hiç düşünmemiştim korkup korkmadığımı. Dört yıl zamanla yarışınca, çalışmaktan kendini unutunca, plansızlık iyi geldi sanki. Korkmaya vaktim olmadı galiba."

"İyi gelir burası sana. Sakinler kafan. Ne kadar kalacaksın?"

"Hiç düşünmedim. Akıştayız, bakalım..."

"Belki çok sakin gelir ilk başta, bizim oralarla alakası yok. Ne yediğin içtiğin, ne insanlar, ne hava, her şey çok başka. Ama bir kez alışınca, Türkiye çok uzak bir fikir olarak kalıyor. Bizim için öyle oldu en azından."

Ali'ye baktı. Ali onaylar gibi yaptı ama belli de etmedi aklındakini.

"Yine de aklınız orada kalmış anlaşılan. Ahmet Kaya çalıyor baksana, çilingir sofrası falan. Bileydim bir büyük koyardım ben de çantama" dedim.

"İnsan aya da gitse bazı şeyleri farkında olmadan götürüyor yanında. Sen o yana bakmazken bavuluna gizlice sızıyor bir şeyler. Anason kokusu oluyor bu bazen, bazen bir Ahmet Kaya şarkısı" dedi Ali. Gülümsedi, o zaman bir çizgi oluştu ağzının tam kenarında, eski bir şeyi hatırlattı, düşündüm, bulamadım.

"Özlemiyor musunuz hiç?" dedim, "Türkiye'yi yani? Kaç yıl olmuş."

"Özlemez olur muyuz?" dedi sakince Ali, sustu önce. Daha diyecekleri var, kadehini eline aldı, "Ama madem Pessoa'yı bir kere andık bu gece, devam edelim, *ırmağın karşı kıyısı, karşıda bulunduğuna göre, asla bu taraftaki kıyı değil; çektiğim acıların tek nedeni de bu.*"

"Pessoa hiç rakı içmiş midir acaba?" dedim. Güldük.

Bazen göz göze geliyorsun ya biriyle. Anlıyorsun, anlıyor. İkiniz de biliyorsunuz bunu. Tek kelime etmiyor, susuyorsunuz yalnız.

Sonra sessizlik. Tayland'da efkâr. Bazen ne acayip şeyleri yan yana getiriyor hayat. Rakı bardaklarımız İstanbul nemine alışkın, onlar bile bir acayip terlemiş. Playlist Ahmet Kaya'nın başka bir şarkısına geçmiş. "Söyle" doluyor kulaklarımıza. *Vallah yağmur çamur değmedi yüreğime. Şimdi ben neredeyim, sen nerede.* Kaldığım hostelin bahçesinde duyduğum kuşun bir benzeri, eşlik ediyor şarkıya tünediği muz dalından. Bardaktaki buzlar tıkırdıyor, fonda Pai, yavaşlamanın yeri. Hindistan cevizi ağaçları, filler, muz bahçeleri, safran rengi Budist cüppeleri, altına boyanmış sivri çatılı tapınaklar, Buda heykelleri, her gün renk renk çiçeğin bırakıldığı, tütsüler yakılan sunaklar, parmak arası terlikli, güler yüzlü kaşık kadar Tay kadınları, köri kokusu, uyuşuk köpekler, motosiklet sesleri, ağaç evler, tozlu yollar...

Gece boyunca Tayland hikâyelerini dinledim Ali'yle Uğur'un. Ben de onlara özledikleri İstanbul'u anlattım. İstanbul'dan sırtımda getirdiğim ne varsa o masada bıraktım.

Rakımız bitince "Hadi," dedi Uğur, "çorba içmeye gidiyoruz."

"Yok canım, daha neler!"

"Sen bizi ne sandın. Bizde her şey adabıyla. Mercimek bulamayız ama çorba çorbadır. Bir Tom Yum'a hayır demem şimdi."

Uğur'un motoruna bindik üç kişi, *biz üç kişiydik,* önde Uğur, ortada ben, boynumda Ali'nin nefesi, üç Mezopotamya çocuğu, Tayland'da bir dağ kasabasının kıyısında unutulmuş küçük, pasaklı bir restorana doğru hızla ara sokaklardan seğirttik. Yolda Ali kulağıma eğildi, nefesi ılık, "Çemberlitaş'taki Erenler Kahvesi duruyor mu hâlâ?" diye sordu. Motorun gürültüsü restoranın girişinde sustuğunda yanaklarımdan yaşlar iniyordu aşağı. Rüzgârdan mı, bilemedim.

Şubat

"Korkarım biz de herkes gibi birbirimizin hayatından bir tuhaflık olarak geçip gideceğiz" dedi.

Üzdü beni böyle demesi, belli etmedim.

Vapurun en arkasında yere çökmüş, iki esmer kadın sırtımızı duvara yaslamış, sigara tüttürüyorduk köpüklere karşı. Serbestti o vakitler vapurda sigara içmek. "Arkadaşlar, sigaraları söndürelim yalnız!" diye yanımızda bitiveren görevliler yoktu henüz ortalıkta. 32 yıllık ömrümde görüp görebileceğim en soğuk, en rüzgârlı kışıydı İstanbul'un. Ayların en asık suratlısı, en huysuzu, en gudubeti Şubat, birkaç gün önce gelip çatmış, içimize döndürmüştü hepimizi. Kalın, koyu renk paltolu, başı öne eğik, ayaklarına bakarak yürüyen, az konuşan insanlar basmıştı ortalığı. Günlerdir ne taraftan yağdığı muamma, pis bir yağmur çamurluyordu sokakları sarı sarı. Beraberinde merhametsiz bir poyraz, lime lime ediyordu etlerimizi. İstanbul poyrazıydı bahsettiğim, şakası yoktu. O kara kışın avcunda, vapurun kuytusuna sığınmış iki ölümlü, boynumuz kıldan inceydi.

Yine de bir cesaret "Dışarıda oturalım mı?" demiştim, iskeleyle vapur arasından azıcık görünen denizin üzerinden atlarken. Mantolarının altından sadece tombul bilekleri görünen teyzelerin, gazetelerine dalıp gitmiş sakalı ağarmış amcaların, ağlayan sümüklü çocukların, sınava yarım saat kala ellerindeki fotokopilerden medet uman üniversitelilerin tıka basa doldurduğu içeriler basıyordu ruhumu. Kar da yağsa, Boğaz'ın insana hâlâ hayatta olduğunu hissettiren serinliğini yüzümde hissetmeden olmuyordu. Sanki içeride oturunca, ziyan ediyorduk Boğaz'ı. "Tamam," dedi, "en arkasına gidelim vapurun ama..."

İncecik eliyle elimi tutuvermişti vapura atlarken, bir anlık cennet, sonra bırakıvermişti iki ayağı da vapurun ahşap zeminine deyince. Gri bir İstanbul vardı karşıda. Binalar birbirinden çamur renklere boyanmış. Gökyüzü desen, tatsız tuzsuz, maviden eser yok. Deniz grilikte onunla yarışıyor. Vapur yüzüyor gibi değil de, boşlukta süzülüyor gibi görünüyordu şehrin yer gök tek ton grisinde. Güzel yüzüne baktım. Gördü gözünün kıyısından ona baktığımı, yine de çevirmedi başını. İçim buruldu. Umut yoktu sanki.

Birkaç gün önce açılmış, "Biz," demiştim, "sevgili mi olsak?", sonra susmuştum. Daha saçma bir şekilde giremezdim konuya. Kalkıp pencereyi açmıştı beni duyunca, "Oda çok havasız" diyerek. Sonra alakasız bir şeylerden bahsetmişti, gülmüştü kendi kendine. Savmıştı beni başından. Basbayağı buydu yaptığı. Kalakalmıştım öylece. "İstemiyorum" da dememişti ama. O kelimeyi ağzından çıkarmayışına mı güvenmiştim nedir, hâlâ kurcalayıp duruyordum aklımın içinde olasılıklarımızı.

Vapurun rüzgârında uçuşan kapkara saçlarıyla arada gölgelenen yüzünü seyrettim profilden. Hayatımda gördüğüm en güzel şeydi. Zeynep. "Bu kadın gerçek mi?" diye geçirdim içimden, "Gerçekten beni seçmiş olabilir mi?" Bir martının çığlığı onaylamadı iç sesimi, kafamı kaldırdım, kuş muş yok ortada. Dalgasını geçip, uçup gitmişti. Şubat ya aylardan, martıların bile acıması yoktu.

"Neden öyle diyorsun?" dedim. "Neden geçip gidelim?"

"Hiç," dedi, "düşünsene ne bitmemiş, ne geçip gitmemiş ki bugüne dek, biz kalalım böyle?"

"Biz" demişti. Demek bir "biz" vardı onun için de. Yine de görünmez bir çizgi çizmişti aramıza daha ilk tanıştığımız gün. İki ay kadar önceydi.

Onu Beyoğlu'nda bir barda, yoğun bir sigara dumanının arasından seçmişti gözlerim. Sarhoş kahkahalar atıyordu. Bir torba dolusu bilye yere dökülüp de, sağa sola yuvarlanır gibiydi kahkahası. İlk kapkara saçlarını görmüştüm. Mekândaki bütün ışığı emen bir karanlık. Bazen öyle bir insanla kesişiyor ki yolun, ömrünün yarısını onsuz geçirdiğin için öfkeleniyorsun kendine. Öyle biriydi. Beraber çıkmıştık bardan. Göğüs kafesimin içinde telaşlı bir kuş, inmiştik Cihangir'den Fındıklı'ya giden merdivenleri, karanlık bir yokuşa sapmış, daracık bir apartmanın önünde durmuştuk. O anahtarlarını ararken çantasında, sokak lambasının ışığındaki halini seyretmiştim arkadan, içimde bandolu bir sevinç. Ne güzel kadındı Zeynep.

Evine götürmüştü beni. Aşık mı olmuştum? Var mıydı öyle ilk bakıştası aşkın dedikleri gibi? Yine de çizmişti ya çizgisini aramıza. İnce, beyaz elleriyle, aşılması güç, kalın, siyah bir çizgi. O çizginin arkasından konuşmuştu benimle o gece. Neler konuştuğumuzu şimdi hatırlamaya çalışıyorum da, bir söz bulutundan başkası değil aklımda kalan. Yine de bir derdi vardı, bilmiştim, soramamıştım çekinip, o da anlatmamıştı. Sonra evin içinde kaybolmuş bir ara, sabah ezanına dayandırmıştık geceyi, bir battaniyeyle bir yastık getirip bırakmıştı üçlü koltuğun üzerine. "Uyuyalım artık" demiş, geldiği gibi yok olmuştu koridorda. O gün bugündür hayatımdaydı. Buluşuyor, içiyor, konuşuyorduk. Hepsi bu.

Bir adım atsam o aramıza incelikle ördüğü duvarına tosluyordum. Cama çarpıp duran bir karasinek gibiydim onun yanında. Koltukta otururken yan yana, elimi dizine değdiriveriyordum, hemen toparlanıyordu. Peşine sehpanın üzerindeki sigara paketine uzanıyor, mermer gerdanını seriyordu gözümün önüne. Bulamıyordum ona giden yolu. Geçemiyordum ondan tarafa. Gel de demiyordu, git de, ben tam ortada, arafta, peşinden sürüklenip duruyordum haftalardır.

"Seni seviyorum" desem şuracıkta, şu eski İstanbul vapurunda, belki tam zamanıydı, illaki bir yere denk gelirdi, illaki döndürürdü içinde bir yerde ne zamandır kıpırdamadığını sandığım minik bir çarkı. Cevap vermeme ihtimalinden ürktüm, tuttum kendimi.

Vapur Boğaz'ı ortalamıştı. İkinci sigaraları yaktık.

"Leyla" dedi.

Adımı onun sesinden duymak garipti. Hiç seslenmemiş gibi daha önce. Bir depremin öncü sarsıntısı, bir uyarı atışıydı bu ama. Peşinden bir şey geliyordu. Hazır mıydım? Zaman yavaşlamıştı sanki. İçim titredi, ya soğuktan, ya telaştan. Gövdemi ondan yana çevirdim, dinlemeye hazır, bekledim.

"Aslında," diye başladı, eliyle saçlarını ensesinde döndürüp beyaz boynunu açtı önüme, dudaklarını ıslattı, bunu bana neden yapıyordu, "Neyse boş ver, kafanı şişirmeyeyim şimdi" dedi ve yüzünü tarihî yarımadaya döndü, sırtını bana.

"Konuş, n'olursun. Delirmek üzereyim artık, bu sessizliğinin sebebi ne Zeynep?" dedim. Konuşmadım da son nefesimi verdim sanki.

Ağzını açmadı. Kısacık bakıp yüzüme, gözlerini geri çevirdi denizden yana. İndik vapurdan tek kelime etmeden. Üstüne gitmek istedim, elimden kayıp gider gibi geldi o zaman, gidemedim. Kalabalığın içine karıştık sonra.

"Bir çay içelim mi şurada? İyi gelir hem" dedim, belki biraz rahatlar, anlatırdı içini yiyip bitiren her neyse.

Durdu, "Ben gideyim, yarın ararım seni" deyip, bir şey söylememe izin vermeden bir taksiye atlayıp kayboldu.

Günlerce ulaşamadım ona. Telefonu kapalıydı. Her gün evine gittim, kapı duvar. Geç saatlere kadar bekledim, o sokak lambasının altında sigara üstüne sigara içtim ayazda. Gelen giden olmadı, ışıkları da yanmadı evin hiç. Yok olmuştu. Aklımı yitirmek üzereydim. Bir ortak tanıdığımızın olmamasına şaşırdım sonra. Sorup soruşturacak tek bir insanla tanıştırmamıştı beni. Tek başına girmiş hayatıma, ortalığını birbirine katmış, tek başına çıkıp gitmişti.

Bir hafta kadar deli gibi dolandım mahallesinde. Bakkala sordum, çiçekçiye, taksi durağına. Kimsenin haberi yoktu. Kapıcıyı gördüm bir gün. "Ne zamandır uğramıyor eve, ses yok seda yok, çöp neyin de çıkarmıyor kapıya, valla biz de bilmiyoruz" dedi.

Gözüm hep onu aradı sokaklarda. Gittiğimiz mekânlarda, yürüdüğümüz kaldırımlarda, belki bir ihtimal kesişir yolumuz diye. Yoktu. Yok olmuştu. Neredeyse inanacağım onu yitirdiğime. Bir akşam yine bekliyorum kapısında, bir gürültü koptu binanın dışında, polis arabasının mavi ışığı yansıdı camlardan. Peşinden ambulansın sesi inletti mahalleyi. Komşular birikti pencerelere. Kadınlar, çocuklar bir "N'olmuş, n'olmuş" uğultusu bastı ortalığı. Bayılacak gibi oldum. Koştum, daldım kalabalığın arasına. İzin vermediler içeri girmeme.

Ne kadar bekledim apartmanın girişinde bilmiyorum, aklımı yitirmiştim. Kapıcıyı gördüm sonra, kederli, çökmüş mermer basamağa, elinde izmaritine kadar içilmiş sigarası, yüzü kireç gibi.

"N'oldu?!" dedim, sesim titriyordu.

"Sorma kızım," dedi, "beşinci kattakiler ne zamandır apartmanda dolanan kokudan şüphelenip polisi çağırmışlar. Kapıyı kırıp girdiler Zeynep Hanım'ın evine. Banyoda yerde bulmuşlar. Bileklerini mi kesmiş, neymiş, öyle dediler. Gidip bakamadım ben, soru da soramadım başka. Bilmiyorum gerisini. Hay allahım, gencecik kızdı. Ne yapmış böyle kendine!"

O sırada siyah bir torbanın içinde, iki sağlık görevlisinin kollarında indi Zeynep merdivenlerden aşağı. Ben günlerdir kapının önünde beklerken, sokaklarda dolanırken aklımı yitirmiş vaziyette, o buz gibi yatıyordu demek yerde. Kanı kuruyordu demek soğuk fayansın üzerinde. Yere yığıldım. Kendime geldiğimde kapıcı dairesindeydim. İki kadın kolonyalar sürüyorlardı bileklerime, tavana yakın pencerelerde insan adımları, kesif bir rutubet kokusu. Önce anlamadım ne olduğunu, sonra acı bir çığlık attım:

"Nerede o, nereye götürdüler?"

Kalktım hışımla, kadınlar girdi koluma, "Dur kızım, hele bi kendine gel önce."

Kurtuldum kollarından, Zeynep'in katında aldım soluğu.

Polisler durdurdu kapının girişinde, "Hanfendi, nereye böyle, inceleme var içeride" dediler omuzumdan sıkıca yakalayıp beni.

Kapı açıktı. Karşımda Zeynep'in evi. Yalvardım, yakardım, almadılar içeri. Kalakaldım sahanlıkta. Özenle toplanmış ev, sanki mutfakta çay koyuyor Zeynep bize, elinde tepsiyle birazdan çıkıp gelecek koridordan. Bembeyaz halının üzerinde dolaşan siyah polis ayakkabıları, portmantodaki sütlü kahve kaşe paltosu, telsiz sesleri, kapının girişinde kırmızı botları, bağcıklarını çözmeden çıkarmış, apartmanda erkek bağırtıları, aynaya el yazısıyla yazılıp yapıştırılmış bir kâğıt: "Çöpü çıkarmayı unutma!", merdivenleri telaşla pat pat inip çıkan adımlar...

Bir boşluk yakaladım kalabalıktan, uzattım kafamı içeri, banyonun girişinde terliğinin tekini gördüm, kana bulanmış.

Babasıyla tanıştım o akşam. Ayaküstü konuştuk morga inen merdivenlerin başında. Küslermiş ne zamandır, aramıyorlarmış birbirlerini. Zihnim zorla verdikleri ilaçlardan çamur gibi. Bata çıka düşünmeye, parçaları bir araya getirmeye çalışıyorum, beceremiyorum. Zeynep nasıl yapar bunu kendine? Şimdi ne yapacağım ben? İlk değilmiş bu, öyle dedi babası.

Bir Dost

Dedim ki: "Kalbinin bir ucunu bir başkasınınkine teyellemek istiyor insan. Hepsi hepsi bu."

Dedi ki: "Yaşlanıyorsun."

Okuldan arkadaşım. Lise yıllığıma yazılmış onlarca "Hep arkadaş kalacağız" sözünü tutmuş tek kişi. Hayat onca evirdi çevirdi, salladı, büktü, kırdı geçti, biz kopmadık. Her şey değişti, benim ona baktığımda gördüğüm, onun bana baktığında gördüğü yeniyetme aynı kaldı. Arka sıramda oturdu yedi koca sene. Onun bir yaz tatilinde insanüstü bir başarıyla beden eğitimi dersindeki boy sırasında en sondan en başa ışınlandığı, sesinin erkeklikle çocukluk arasında bir yerde tarazlandığı yıllarda girdi hayatıma. Benim memelerimin henüz çıkmadığı ama allahtan umudun kesilmediği yıllar. Defterden yırttığımız sayfalara yazdığımız mektuplarla başladı arkadaşlığımız. Birbirimizden ödünç aldığımız kitapların arasına sıkıştırıp, değiş tokuş ettiğimiz dünyalarımızdı o yeniyetme mektuplar. Yok, aşık falan değildik birbirimize. Bilakis o başka birini seviyordu. Ben başka. Bizimkisi iki vurgun kalbin dayanışmasıydı daha çok. Ben hayatı bir erkeğin gözünden görmeye yelteniyordum onunla. O da benden kadınların neden bu kadar anlaşılmaz olduğunu öğrenmeye çalışıyordu. Ama çuvallıyorduk sıklıkla.

Onun kalbi, sınıfın her konuda yaşından büyük demeçler veren, kuvvetle muhtemel geleceğin feminist avukatı Neslihan'daydı. Benim kalbimse karşı sınıfta. Müzisyen bir çocukta. Okulun bahar şenliğinde sahnede iki akor basarak nazarımda "rock star" nişanına layık görülmüş, şu ince, uzun, az konuşan çocuklardandı. Kulağında mütemadiyen kulaklık, elinde adını hiç duymadığım yazarların kitapları. Kızların hepsi hastaydı ona. Deri ceketle gelirdi okula. Onu sabahları öyle görüverince koridorda, saçlar yataktan yeni kalkmış, hafif kambur, bir sessizlik çökerdi sanki dünyaya ya da bilmiyorum bir tek bana öyle gelirdi galiba. Gözümün önüne hâlâ, sahnede o gün "Wish You Were Here"ın boktan bir versiyonunu çalan elleri geliyor. O zamanlar, kulaklar sağır elbet. O ne çalsa, benim için başyapıt. Şöyle bir geri atsa başını, parmaklarını gezdirse gitarın perdesinde, nasıl çaldığı umurumda değil, kulaklarımın uğuldamasına yetiyor.

Aklımızın devre dışı, sadece kalbimizin olduğu yıllar, bilirsin. Kalp "git" diyor, gidiyoruz; "sev" diyor, seviyoruz. Teneffüs zilinin çalması yetiyor sırtımızın ürpermesine. Koridorda iki saniye de olsa yan yana durup bir çift laf etme ihtimali var ya o kızla ya da o çocukla. Elini tutmak, hafta sonu Kadıköy'de bir kafede buluşmak, sinemanın karanlığına saklanmak falan, işin o kısmına öyle uzağız ki. Bakmıyor bile bize o kızla o çocuk. Şikâyetçi değiliz ama. Yoksunluğumuzu allayıp pulluyoruz aklımızın içinde, minik kâğıtlara yazıyoruz kargacık burgacık, iyi geliyor. Gizliden gizliye seviyoruz üzülmeyi. Yeni mektuplar yazacak malzemeyi sağlıyor bize üzülmek. Genç Werther görse acır halimize. Öyle şelale duygularımız. Hormonlar damarlarımızda köpük köpük dolaşırken, Cemal Süreya'yı keşfetmişiz bir de. *Sevda Sözleri*. İnsanın ergenlikte kendine hiç acıması yok. Kadıköy'de bir sahafta bulup almıştım kitabı. Her yere götürüyordum yanımda. Bütün şiirler ezber. Onun eli bir kızın, benim elim bir oğlanın eline değmemiş, Süreya bir güzel derman oluyordu erotik dokunulmazlığımıza. Aklımıza o vakitler ne olduğunu pek anladığımız ama yine de kapılıp gittiğimiz tuhaf şeyler getiriyordu. Birbirimizden utanmamız sıkılmamız da yok. Aynı takımdayız çünkü. Aynı tavanın balığıyız. Her şeyi yazıyorduk mektuplara.

Matematiğim yetmedi hesaplamaya, "Kaç yıl oldu?" dedim. Durdu, düşündü, "25" deyiverdi. Gümüşlük'te denize sıfır bir masada oturmuşuz 25 yıl sonra, "İyi ki hâlâ var" diye geçirdim aklımdan.

İki gün önce aramış, "Bodrum'a gidiyorum. Hadi atlayalım arabaya, birlikte gidelim" demiş. Bırakıp her şeyi kaçıvermişiz birkaç günlüğüne.

Bakıyorum yüzüne, bitkin. Bir evlilik gömdü yakın zamanda. Onca yoğunluğuma rağmen böyle bir zamansız kaçamağa hayır diyemeyişim ondan. Bana ihtiyacı olduğunu biliyorum. Saçlarındaki beyazların kahverengilere galibiyetine ramak var. Benim bedenimse yerçekimiyle savaş halinde. Onun tersine hiçbir şeyi gömmedim epeydir. Hiçbir şeyi doğurmadığımdan olacak. Ne bir evlilik ne bir çocuk. Merhabasız, vedasız geçti son birkaç yılım. İyi de oldu şimdi düşününce. İnsan bazen başlamasa ya hiçbir şeye. Dursa öyle.

Kafamı çevirip denize baktım. Kaç tane içtik allasen? Efkâr çıkıp geldiğine göre gün boyu saklandığı yerden, aklım zamanda yolculuğa çıktığına göre, ben şahsen beş taneyi devirmiş olmalıyım çoktan. Onu bilmem.

"Neslihan n'apıyor? Şu ortaokuldaki bilmiş Neslihan. Hiç haber aldın mı?" dedim.

Şaşırdı önce, beni tanıyor, üzerinde durmadı zamansız sorumun.

"Evlenmiş o da" dedi. "Kızı olmuş. Ev yemekleri yapan küçük bir restoran açmış Levent'te. Hikâyenin tamamı bu kadar."

"Avukat olamamış demek. Benim gitarcı ne yapıyor acaba?"

"Onun da rock star olmadığı kesin. Belki Marmaris'te falan şu yazlık barlardan birinde MFÖ şarkıları çalarak yaşlanıyordur."

"Bana yar olmadı ya, kimseye de olmamıştır umarım" dedim.

"O kaybetti" dedi. Güldük.

Güldürmeyi başardı beni yine. Benim gibi doğuştan kasvet sever birini güldürmek kolay değil hiç ama onun için lafı olmaz. Sohbetin ağlamaya en imkân tanıyan anında bile saçma sapan bir laf edip dağıtıverirdi bulutlarımı. İyi ki vardı gerçekten. Zor da olsa aklımı, benim çöp bacak gitarcıdan, avukat olamamış geveze Neslihan'dan alıp bugüne, denizle karanın birleştiği yere kurulmuş rakı masasına getirmeyi başardım. İşin içine rakı girince, bir hal geliyor ya insanın üzerine, bıraksalar dünyayı ele geçirirsin, öyle kocaman bir cesaret doldu içime. Bu cesaret kısmını içimden mi yoksa dışımdan mı söyledim, bilemedim. Utandım biraz. 25 yıl sonra garip geldi onun yanında, ondan utanmak. Hiç hesapta yokken "Peki, biz ne yapıyoruz?" diye sordum.

Gözlerini kaldırıp masadan yüzüme baktı. Durdu önce. Ne ima ettiğimi anlamaya çalıştı. Bıyığını düzeltti. Bu kadar alkollü olmasa bir bakışta ciğerimi okurdu ya, emin olamadı. Bir şey diyecek gibi oldu. Bekledim. Gülümsüyor mu? Bozuldu mu? Bilemedim. Sırtımızda Eylül yeli, iki 39, bakıştık. Kafasını denizden tarafa çevirdi. Güldü. Ben tedirgin bir şekilde, elimden bırakamadığım çakmağa takla attırıp duruyordum beyaz örtünün üzerinde.

"Belki," dedi, verdiği es sonsuzluk kadar uzun geldi, "en başından beri burnumuzun dibinde duran bir şeyi ıskaladık biz." Başım dönüyordu, "Lakin her pozisyonu da gole çevirecek değiliz ya!"

Lafı biter bitmez, gök gürültüsüne benzer bir kahkaha kopardı. Peşinden garsona el sallayıp, hesabı istedi. Yağmur geliyordu.

Kıpırtısız

Apartmanın merdivenlerini inen adımların sesi gittikçe uzaklaşırken, kapının arkasında durup bekledim bir süre. Kısa bir sessizlik oldu. Zemin kata varmış olmalı. Otomatiğe bastı. Demir kapı gıcırdayarak açıldı önce, sonra büyük bir gürültüyle kapandı. Apartmanın ışığı söndü. Her şeyi yutan bir sessizlik çöreklendi apartmanın içine. Koca bina sanki az önce hiçbir şey olmamış gibi karanlık uykusuna geri döndü. Ben hâlâ kapının ardındaydım. Kıpırtısız. Nedense sonradan aklıma geldi, pencereye koştum. Yokuşun başında yakaladım onu. Pencereyi açıp seslensem? Ne diyeceğim? Küçük sırtında siyah mantosu, Aşağı Ayrancı'nın çamuruna bulanmış çizmeleri, elindeki tekerlekli bavulu çeke çeke, köşeyi dönüp kayboldu sonra. Annemdi bahsettiğim.

Memleketten gelmişti birkaç gün önce. İyi değildik ne zamandır. Çocukluğumdan bugüne içimde bir yerde benden gizli biriken öfkem, gelmiş 30'umda kapıma dayanmıştı. Seslerin yükselmesi için evde tek bir eşyanın yerinin değişmesi yetiyordu artık. Gelip düzenimi bozuyordu, bu taraftan bakınca. Bunca yıl eksik bıraktığı yerleri yamamaktı belki yaptığı, onun tarafından bakınca. Kızının evine çekidüzen veriyordu kendince, annelik yapıyordu işte. Ama ağzıyla kuş tutsa bana fark etmiyordu. Katlanamıyordum varlığına. Yine eften püften bir şeyle içimdeki volkan patlamış, boynumdaki damar çatlayasıya bağırmıştım. O susmuştu sadece. Çocukluğum boyunca benden çaldığı rolün acısını çıkarmak mıydı bu sahnelediğim aşırılık? Annemi kendi çöplüğümde figüran yapmak, iyi mi geliyordu sahiden? En son bir "Seni istemiyorum" patlamıştı içimden dışarı doğru. Eşyalarını toplamış usulca, tek kelime etmemiş, kapıyı sessizce çekip, gitmişti.

Ben çocukken, iyi değildi annem. Depresyon dedikleri bir illetti savaştığı. Çocuk aklımla anlamıyordum bir şey konuşulanlardan, çocuk lügatimde yoktu ki öyle bir şey. "Annen hasta" diyorlardı da, basmıyordu kafam kanlı canlı bir insanın hasta oluşunu. Mendile kan öksürmüyordu filmlerdeki gibi, koluna serum takmıyorlardı hastane odasında, sargılar içinde yatmıyordu. Yine de iyi değildi işte. Gecesi gündüzü birbirinden çok farklı olmayan bir hayatta, yatağın ortasında yükselen, yorganın altında nefes alıp verdikçe inip çıkan, arada hıçkırıklarını işittiğim bir tümsekti sadece. Hâlâ ne zaman birisi öğle uykusuna yatsa, ev birden gömülüverse sessizliğe, gelir üzerime aynı hayaletler çöreklenir. Ölsem de yorgunluktan, geceyi beklerim uyumak için. Gündüz uykusu aklıma sadece yalnızlığı, hastalığı, yolunda gitmeyen şeyleri getirir.

17'sinde, çocuk diye beni vermiş doktor kucağına annemin, daha kendisi çocuk, sevmiş sevmesine de, gölgeleri izin vermemiş anne olmasına. Hayaletli bir kadındı annem çocukluğumda. Evde beyaz geceliğiyle dolaşan, cılız sarı saçları omuzlarına dökülen, sessiz, kaşık kadar bir kadındı. Yüzüme bakmazdı pek, konuşmazdı da benimle. Uzaktan beni izlediğini hissederdim bazen, kafamı çevirince gözlerini kaçırır gibi gelirdi. Bazen hastalığı kontrolden çıkar, çığlıkları gelirdi komşuların doluştuğu, o vakit kapısının sıkı sıkı kapandığı odasından. Birileri kolumdan tuttuğu gibi alır beni başka bir eve götürür, "Burada uslu uslu otur, sakın yaramazlık yapma" der, önüme tepsiyle reçelli ekmek koyup çizgi film açardı. Tom ve Jerry. Ben beklerdim. Çocukluğumun büyük kısmı bekleyerek geçti. Akşam olup babamın işten gelmesini, annemin iyileşmesini, anneannemlerin yanına gideceğim yaz talini, karşı komşumuz Selmanımteyzenin yapıp getirdiği iki renkli kekleri. Hep beklerdim.

Zaman sonsuzdu çocuk dünyamda. Geçmek bilmezdi hiç. Bütün bu kargaşa içerisinde, yine de kolay bir çocuktum sanırım. Arıza çıkardığımı hatırlamıyorum pek. Evde halihazırda bakıma muhtaç bir anne vardı ve benim her konuda kendi başımın çaresine bakmam gerekiyordu. Bunu gerektiğinden erken fark etmiştim.

Dayımın kütüphanesini keşfetmem de o günlere denk gelir. Boyumdan büyük kitapların içinde sakinleşirdi ruhum. Anlar mıydım bilmiyorum okuduklarımdan bir şey ama okumak iyi gelirdi bana. Gerçek dünya beni içine almadığından olacak, orada bulduğum kurmaca alemlerde daha mutlu, daha gerçek bir çocuktum.

Annemin az önce kapısını çekip çıktığı eve baktım. Öğrencisi dağılmış okul gibi göründü gözüme. Akşam iniyordu yavaştan. Sokak lambasının sarı ışığı düşüyordu kapanmak üzere olan bir sahnenin üstüne. Eşyalar kederden öleyim diye elinden geleni ardına koymuyor. Şu yastığı kanepenin kenarında öyle duruşu mesela. Kapının girişinde ters dönmüş şu terlik teki. Mutfak tezgâhındaki kapağı açık şeker kavanozu. Altı sönük çaydanlık. Bardaktaki içilememiş, ılımış çay. Sandalyenin üzerine düzgünce katlanıp koyulmuş bir pike, bir de yastık. Koltuktaki küçük bedeninin izini yakaladı gözüm sonra. Kumaşın üzerinde oluşmuş anne kraterleri.

Peşinden masanın üzerinde bir dal sigara kesti yolumu. Yanında da çakmağı. Şu ucuz, plastik olanlardan. İçinde yapma bir çiçek var, pembe. İçmek üzere bırakılmış oracığa, içilememiş. Ivır zıvırın arasında kalakalmışlar öylece. Yanlış otobüse binip yanlış yere gitmiş, yolunu kaybetmiş biri gibi. Annem gitmeden önce bir sigara bile içmemiş.

Bir şey oldu sonra içimde. "Nasıl da ağırlaştı hava, herhalde bastıracak birden" der demez inen yağmur gibi bir şey. Karnım buruldu. Kaburgalarımı çatırdatan bir ağlama nöbeti geldi. Kalktım apar topar, bütün ışıklarını açtım evin bağır çağır. Arka odaya kadar, küçük tuvalete kadar, her yeri ışığa boğdum. Tek bir gölgeye dahi tahammülüm yoktu. Yatak altlarını, kapı arkalarını, çekmece içlerini kontrol ettim. Ondan bir şey kalmış mı başka diye. Yok, her şeyini toplamış gitmiş. Akşam ezanının sesini duydum sonra. Televizyonu açtım onu susturmak için. Kanal kanal bütün akşam haberlerini dinledim pürdikkat. Kendimi tıka basa dünyanın bilgisiyle, gürültüsüyle doldurdum. Benzin zammıyla, Çin'de doğan panda yavrusuyla, Büyük Okyanus'ta petrol sızdıran tankerle, miniklerin karne sevinciyle... İçimdeki artçıları bastıracak ne varsa seyrettim. Annemin yokuşu çıkan küçük bedeni gitmedi gözümün önünden. Çamurlu çizmeleriyle yavaş yavaş uzaklaşması, köşede kayboluşu. Elimde kumanda uyumuşum sonra.

O Yaz...

Hepimizin hayatının ortasına kalın bir çizgi çizilmişti o yaz. Hiçbirimiz birkaç ay önceki insanlar değildik. Bir parkta başlayıp bir gecede ülkeye yayılan direnişe destek verenin de, karşısında duranın da hayatında bir şeyler kırılmıştı. Biz, yani ülkede ne zamandır böğrümüze basan şeylerden yorgun olanlar için durum elbette başkaydı. Nicedir çarpıp durduğumuz duvara, biri gelip çizgi filmlerdeki gibi tebeşirle bir kapı çizmiş, o kapının kolunu çevirip biraz daha nefes alabildiğimiz başka bir gerçekliğe geçebileceğimizi göstermişti. Birbirimizin yüzüne bakmaya cesaretlendiğimiz bir yerdi bu buluştuğumuz. Yan yana gelmenin ne menem bir şey olduğunu hatırlamıştık. Beşiktaş'ta bir barikata sabahın dördünde borcamın içinde kek getirip gazdan bitap düşmüş eylemcilere "Yiyin yavrum" diye zorla ikram eden yaşlı bir kadın tanımıştım mesela. Cihangir'de apartmanın içine sokak kedilerini dolduran bir adam. Genç bir kız sütle yüzümü yıkamıştı Taksim Meydanı'nda, sonra gülümseyip kalabalığın içinde kaybolmuştu. Sokak bunlar gibi kahramanlık hikâyeleriyle dolup taşıyordu. Ve kimse bunu kahraman olmak için yapmamıştı. Her şey kendiliğindendi. Suyu yükselen derenin taşması kadar kendiliğindendi. Belki biraz yorgunduk ama çoğunluk ferahtı içimiz. Nicedir ilk kez. Burnumuzun dibindeki yabancılarla göz göze gelmeyi öğrenmiştik. Bu bile tek başına devrim sayılırdı.

Gezi'den eve dönmüştüm. Saat gece yarısını geçmişti. Bitkindim. Haziran serinliği henüz Temmuz'un bunaltıcı sıcağına yenik düşmemiş, pencereyi açtığın vakit tülleri uçuracak gece esintileri henüz bizi terk etmemişti. Uykum yoktu, balkona çıktım. Mahalle ayaktaydı. Evlerin çoğunda ışıklar açık. Balkonlarda insan mırıltıları. Birkaç haftadır böyleydi bu. Anlaşılan benimki gibi başkalarının da zihni kapanmayı reddediyordu. Tek bir haberi dahi kaçırmaktan endişeli, Gezi'de olamadığım zamanlarda yorgunluktan bayılana kadar, gözümü bilgisayardan ayırmadan yaşıyordum günlerdir. O geceki gibi sakin gecelerde ise rahatlamak bir yana, bilakis daha beter diken üstündeydim. Sinsiydi çünkü şiddetinden mustarip olduklarımız. En ummadığımız zamanlarda yakmışlardı canımızı. Uykuda gelmişlerdi. Bir gözümüz uyusa diğeri hep nöbetteydi bu yüzden.

Kapı çaldı. Yerimden sıçradım. Yüreğim ağzımda kapıya koştum.

"Kim o?" dedim kapını deliğinden bakarken. "Ben karşı komşunuz. Muhsin adım" dedi delikten gördüğüm, merceğin iyice yuvarlaklaştırdığı tombul yüzüyle kel bir adam. Birkaç ay olmuştu taşınalı, ne zamandır boştu karşı daire. İlk kez görüyordum onu. Evden çalıştığını, yazar gibi bir şey olduğunu yalnız yaşadığını söylemişti Emin Efendi. Çıkmıyordu pek evden. Hiç karşılaşmamıştık şimdiye kadar. Kapıyı açtım.

"Buyrun. Her şey yolunda inşallah?"

"Ah, evet, evet. Çok geç oldu biliyorum, ne olur kusuruma bakmayın. Ama ışıklarınızın açık olduğunu görünce..."

Konuşurken ayıbalıklarınınkine benzeyen gri bıyıkları oynayıp duruyor, bu da ona komik bir hava katıyordu. Sevmiştim Muhsin Bey'i görür görmez. Paniğim yatışmıştı.

"Yeni gelmiştim ben de eve. Sorun değil, ayaktaydım. Bir sıkıntı mı var?"

Ellilerinde olmalıydı. Üstü başı düzgündü. Gri şort, mavi tişört, ayağında lacivert sabolar.

"Evet, duydum geldiğinizi. Şey rica edecektim..." dedi, bir yandan mahcup bir şekilde elindeki boş rakı kadehini bana uzatırken, "Bir tek rakınız var mıdır acaba?"

Şaşırdım. Ama hoşuma da gitti. Tatlı bir adamdı. Gülümsedim. "Elbette, elbette var" dedim.

"Beni yanlış anlamazsınız umarım. Her akşam bir tek atmadan uyku tutmuyor."

"Anlamaz olur muyum! Hele de böyle bir zamanda."

"Çok sağ olun. Geçen akşam oğlum gelmişti ziyarete, o getirmiş evdeki şişenin dibini anlaşılan ben uyuduktan sonra." Durdu, nefes aldı. "Sonra sizi gördüm balkonda. Bi' cesaret çaldım kapınızı..."

"Sorun değil Muhsin Bey. Ben de severim her akşam bir tek atmayı. Sinirlere de iyi geliyor hem. Derdimize çare olmasa da, biraz olsun gevşemek hepimizin hakkı" dedim.

Rahatladı. Kadehi tekrar bana doğru uzattı gülümseyerek, "Çok mahcubum. Çok teşekkür ederim."

"Yok canım, lütfen, mahcup olunacak bir şey yok. Ben size bendeki şişeyi vereyim en iyisi. Nasılsa ödeşiriz bir gün" deyip, onu kapıda tek başına bırakarak mutfağa geçtim. Güldüm kendi kendime dolabın kapağını açarken. Böyle zamanda dayanışmanın sınırı yoktu demek. Komşu komşunun bir tek rakısına bile muhtaç oluyordu demek yeri geldi mi. Geçen akşam yarıladığım büyüğü kaptım dolaptan, kapıya seğirttim. Muhsin Bey beni görünce, "Bana eşlik etmez misiniz?" dedi biraz çekingen. Uykudan eser yoktu ikimizde de. "Tabii, seve seve," diyerek, anahtarımı bulup kapıyı çektim.

Kapıdan içeri girdiğimde ilk dikkatimi çeken portmantodaki deniz gözlüğü oldu. Yanında nalburdan alındığı belli bir toz maskesi. Ayakkabılığın üzerinde de camsil şişesinin içine doldurulmuş beyaz sıvı ve sarı bir baret. Muhsin Bey fark etti şaşkınlığımı, "Bu daha başlangıç, mücadeleye devam" diye fısıldayıp gülümsedi. Ayıbalığı bıyıkları yukarı doğru kıvrıldı. O önde, ben arkada balkona çıktık.

Karpuz Dilimleri

Eve geldiğimde, her şey sıradan görünüyordu. Her sıradan Salı gününde olduğu gibi. Levent daha gelmemiş. Işıkları açtım. Akşam ezanı okunuyordu. Balkonun kapısını açık bırakmışız sabah çıkarken. Çantamı kapının girişine koydum. Portmantonun aynasında kendime baktım, saçlarım iyice uzamış. Kestirsem mi biraz? Levent böyle seviyor, diye düşünüp boş verdim. Balkona çıkıp bir sigara yaktım. Yazsa eğer mevsim, günün en sevdiğim saatleri. Şehirde akşamüstü. Turuncu bir ışık dolar önce pencereden içeri, duvarları boyar, yavaş yavaş gezinir evin içinde, gölgeleri uzatır, sonra sakince çekilir, yerini akşamın griliğine bırakır ve tek tek ışıkları yanar evlerin.

Karşı apartmanda akşam telaşı vardı. Sarı ışıklı pencerelerde gidip gelen, oturup kalkan siluetler. Bütün günü şehrin başka köşelerinde geçirip bu saatlerde evlerde toplaşan kalabalıklar. Aileler, öğrenciler, hiç evlenmemiş yalnız bekârlar, herkesi göçüp gitmiş yalnız ihtiyarlar.

Gözüm alt katlara kaydı. Günün hiçbir saatinde televizyonun ışığının söndüğünü görmediğim girişteki dairede yaşayan yaşlı kadın, kucağındaki tepsiden akşam yemeğini yiyordu. Kocası yok. Ölmüş diyorlar. Geleni gideni olduğunu da görmedim hiç. Çoluğu çocuğu da yok belki. Canım sıkıldı. Sigaramı Levent'in gözü gibi baktığı sardunyanın toprağında söndürüp, bahçeye salladım. Bir sigara daha yaktım. Ben de bir gün kalır mıydım onun gibi, kucağımda tepsi, televizyon karşısında?

Gözlerimi beşinci kata çevirdim. Sadece mutfağın ışığı açıktı. Diğer pencerelere koridorun loş ışığı vurmuş. Genç bir kadın hummalı bir yemek hazırlığına vermiş kendini. Bir şeyleri karıştırıyor, buzdolabının kapağını açıyor, kapıyor, suyu açıyor, bir şeyler yıkıyor. Tabak çanak sesi bizim balkona kadar geliyordu. İncecik bir kadındı. Çocuk gibi. Taş çatlasa 25 yaşında. Kocasının eli kulağında, gelirdi birazdan. Yeni evlilerdi. Geçen ay taşınmışlardı mahalleye. Günler sürmüştü çeyizin taşınması, yerleştirilmesi. Henüz bir tuhaflıklarını görmemiştik. Kadın, bir yandan ocağın üzerindeki yemeği karıştırırken, camdaki yansımasında saçlarını düzeltti. Seviyordu onu belli. Elini özenle taradığı saçlarında gezdirişinden, kayık yaka bluzunu düzeltişinden, evde giydiği terliklerden. Her şey onun için daha yeni başlıyordu. Filmin en heyecanlı yerindeydi.

İkinci katın penceresinden yarı beline kadar bir kadın sarkıp, seslendi: "Emre! Haydi eve! Baban geldi!" Büküp boynunu, topa vurmaktan mütevellit patlak, toz içindeki ayakkabılarını sürüyerek apartmanın kapısına doğru yürüdü bir çocuk keyifsizce. Arkasından başka bir çocuk bağırdı: "Annesinin kuzusu, haydi koş evine!" Kuzunun annesinin bağırtısı duyuldu az sonra içeriden: "Ayaklarınla girme! Yeni sildim oraları!"

İçeri girdim. Canım menemen çekti. Yanında da karpuz. Birden bir merhamet duygusu geldi üzerime. Levent gelene kadar hazır edeyim masayı diye düşündüm. Affettirirdim hem kendimi. Dün akşam yine aynı konu açılmış, ben fikrimde ısrar edince darılmıştı bana. Şöyle güzelinden bir sofra kurayım balkona. Tatlı tatlı yeriz karşılıklı. Nerede kaldı bu adam? Trafiğe takıldı herhalde. Domateslerin ezilmeye yüz tutmuşlarını seçtim dolaptan. Rendeleyip hazır ettim. Levent gelir gelmez kızdırırdım yağı. Atıverirdim biberleri, iki dakikada olurdu menemen. Gazete serdim sonra tezgâha, karpuzu koyup yardım tam ortasından. Ne güzel koktu! Yarısını doğradım. Buzluğa attım. Levent gelene kadar mis gibi olurlardı.

Salona geçtim sonra. Haberlere bakayım bari dedim o gelinceye. Yine saçma sapan bir gün olmuş memlekette. Seyretmeyeyim diyorum her seferinde, yine dayanamıyorum. Hiçbir şeyin iyiye gittiği yoktu. İnsanlar ne kadar cesurdu, sapır sapır çocuk yapıyor, salıveriyorlardı hayata. Nasıl anlatırdın bir çocuğa olan biteni? İnönü'de Levent'in de gittiği son maçta polis, çocuk falan dememiş sıkmıştı gazı taraftarın üstüne. Telef olmuştu onlarca yavrucak. İnsan çocuğunu nasıl bırakırdı bu nereye gittiği belirsiz dünyanın ortasına. Her sene değişen müfredata nasıl emanet ederdi oncağızın körpe aklını. Levent'i de anlıyordum. Baba olmak istiyordu. Ama çok basit, ben anne olmak istemiyordum. Çocuğu getireceğin dünyanın saçmalıklarını geç, benim ev, iş ve Migros arasında geçen, kaşlarımı aldırmaya dahi vakit bulamadığım tıkış tıkış hayatımda yer var mıydı çocuğa? Bir saksı çiçeği yaşatmaktan aciz, bir tencere yemek yapmaya yorgun. Çocuk neresine sığacaktı bu hayatın? Ona da hak veriyordum. Vermiyor değildim. Ama böyle konuşmamıştık ki baştan. Evlenmeden önce çocuk istemediğimi söylemiştim. "Tamam," demişti, "İkimiz olsak yeter" demişti. Yaşım olmuş 35. Bunca yıl yaşamışız mis gibi, ferah ferah, gürültüsüz patırtısız. Yok, çok kararlıyım. Vazgeçecek Levent bu sevdadan, başka çaresi yok. Kızıyor çok biliyorum, üzülüyor ama oluru yok.

Uyuyakalmışım üçlü koltukta. Panikle uyandım, karanlıkta el yordamıyla telefonumu buldum. Arayan soran yok. Saate baktım. 05:17. Televizyonda eski bir kovboy filmi vardı. Hangi film olduğunu anlayamadım ama kesin daha önce izlemiştim. Levent geldi aklıma birden. Fırladım koltuktan, odaya koştum. Pikenin altında büzülmüş. Üşümüş herhalde. Bir ayağı dışarıda kalmış. Yatağın benim olan tarafı hiç bozulmamış. Usul usul nefes alıp veriyordu. Derindi uykusu. Yemek yedi mi acaba? Mutfağa gittim. Işık bıraktığım gibi açık. Balkonun kapısı aralıktı hâlâ. Karşıdaki bina karanlığa gömülmüş. Hiç ses yok sokakta. Yaşlı kadın bile uyumuş. Rendelediğim domatesler aynen duruyor tezgâhın üzerinde. Kabukları aynen bıraktığım gibi, Levent'i kızdıracak şekilde, lavabonun içinde. Karpuzlar geldi aklıma birden. Dolabı açtım panikle. Buzluktan çıkardım. Taş gibi olmuşlardı.

Şiirsiz

Her şeyi baştan anlatmalı. En baştan. Sakarya'da kalabalık bir masada denk geldik onunla o gün. Uzun rakı sofraları ne içindir ki zaten? Hayatın curcunası içinde bir türlü denk gelemediklerimizle denk gelmekten başka. Toplaşma sebebimiz şimdi hatırımda değil ama bir kutlama vesilesi mümkün. Kalabalık kısmen tanıdığım, kısmen adını bile bilmediğim birtakım neşeli insanlardan oluşuyor. Bir gürültü bulutu sarmış masayı, hep bir ağızdan konuşarak anlaşabilmenin mümkün olduğunu kanıtlıyorduk. Gecenin başında söz konusu masaya birlikte oturduğum adam, ki bu adam iki ay sonra evleneceğim adamdan başkası değil, "Ben biraz bizim çocukların yanına gideyim" deyip yanımdan kalkmış, varlığımı sandalyesini ayaklanmak için geriye ittiği saniyeden itibaren unutmuştu. Masanın benden uzak ucunda sıkıcı arkadaşlarıyla muhtemelen dünkü maçtan, doğalgaz zammından, havaların bir türlü ısınmadığından konuşuyor. "Türkiye'nin üzerinde büyük oyunlar oynanıyor üstat, bunlar hep dış mihrakların işi", "Geçen hafta pis yenildik ama önümüzdeki maçlara bakacağız artık", "Yine kar geliyormuş"...

Ağızlarından kendilerine ait bir şey duymak zor, her sözleri alıntı.

Karşımdaki erkek güruhunun arasına sığışmış, ne yapsam göz göze gelemediğim, ki göz göze gelmek yeter bazen, iki ay sonra evleneceğim adamı seyrediyorum. Uzaktan... Yakın da dursam aşamayacağım bir mesafe bu bahsettiğim. Yani gerçekten uzaktan. Mimikleri can sıkıcı. Kaşını şöyle bir kaldırışına bile bir vakitler ölüp biten ben değilim sanki. Sesi masanın bu tarafına erişmiyor. Meyhanenin uğultusu sesini yutmuş. Meyhanenin uğultusu, sağ olsun, neyi yutacağını iyi biliyor. Hiç özlemiyorum sesini, epeydir özlemiyorum. Karşımda oynayan evlenilecek erkekler tiyatrosundan kulağıma ulaşan bir repliği olmamasından şikâyetçi değilim bu yüzden. Yeniyetmeyken de muhtemelen aynı gündelik, aynı dişe dokunmayan şeyleri anlatıp güldüğünü düşünüyorum. Böyle diş diş, gıdısını çıkara çıkara, gömleğinin düğmelerini çekiştiren göbeğini hoplata hoplata. Kimi adamın sırtında nasıl yürek yakar gömlek, yazık ki bazı erkeklere ne kadar da yakışmıyor. Bir vakitler ne giyse beğenen ben değilim sanki.

Yanındakilere bakıyorum. Arkadaşlarına yani. Ömürlerinin kayda değer bir bölümünü birtakım ofislerde geçirecek, Pazar sabahı takım eşofmanlarıyla *Hürriyet* almaya gidip, dönüşte "Karıcığım, simit yeni çıkmıştı, dayanamadım" diyerek hayatlarının ne kadar muhteşem, ne kadar kusursuz, ne kadar hep hayal ettikleri gibi olduğunu muştulayacak erkeklerdi hepsi. Ya da bana öyle gelmişti masanın diğer ucundan bakıverince. Ülkenin iyi okullarından topladıkları diplomalarının ve biricik annelerinin umutlarını boşa çıkarmamak için ant içmişler sanki. Şiirsiz adamlardı. Evet, şiirsiz!

Uzun zamandır düşünüyordum bu gürbüz, bu al yanaklı, bu başarıyı asla ıskalamayan halleriyle insanın şurasına şurasına basan erkekleri nasıl anlatmalı diye. Ta ki geçen akşam evde "Ben bu adamla ne yapıyorum allasen!" cinnetlerimden biri sırasında kendimi bulaşığa vermişken, hırsımı bardaklardan, çatallardan, müstakbel kayınvalidemin hediyesi dondurma kaselerinden çıkartırken, bir anda aklıma gelene kadar. Ellerim köpüklü suyun içinde, "Bir matkabın kullanma kılavuzundaki metinlerden farksız! Şiiri yok bu adamın! Düz! Dümdüz!" diye haykırmıştım boş evde.

Ne zaman sevmiştim onu? Hangi şartlar altında? Neye denk gelmişti bende? Onca zaman nasıl olmuş da fark etmemiştim aramızdaki kilometrelerce uzaklıktaki mesafeyi? Neyle oyalamıştım kendimi bugüne kadar da, onca zaman sonra çat diye, düz bir adam olduğuna kanaat getirmiş ve artık yetinmiyordum ondaki şeyle?

Masanın öbür yakasında ellerinde rakı kadehleri, sırtlarında tek çizgi sektirmeden titizlikle ütülenmiş gömlekleri, akıllarında aşktan başka her şeyleri, şu adamlara bakıp da bunları düşünüyordum işte.

Biraz olsun uzaklaşmak için tekinsiz düşüncelerden, masadaki sohbetten payıma düşen kız arkadaşlarla, ki kesinlikle evlenilecek kızlardı bunlar, birkaç iletişim denemesine giriştim. Hepsi hüsranla sonlandı. Onların kuru sohbetlerinde aradığım şey yoktu. Kurulu bebek gibi arka arkaya aynı soruları sorup, neredeyse aynı tonda aynı tepkileri verdiler. Düğün hazırlıkları ne aşamadaymış? Ah, ne kadar yakışıyormuşuz birbirimize! O, ne harika bir adammış. Ben çok şanslıymışım. Saçlarımı düğüne kadar uzatmalıymışım ki, böylece duvağımı süsleyecek şık bir topuz yapmak mümkün olacakmış. Gelinliğimi almış mıyım? Aralarındaki tek tombik kadın olduğumu anında tespit ettiler etrafı didikleyen tavuk gözleriyle; düğün öncesi biraz şekle şemale girmek için bildikleri çok iyi bir diyetisyen varmış, hemen telefonunu verebilirlermiş. Ağzımdan zorla dökmeye çalıştığım birkaç kırık cümle, birkaç gülümseme denemesi işe yaramadı, açılan sohbetlerin hepsi çıkmaz bir sokakta son buldu. Onlardan biri olmadığımı tez elden fark edip beni kendi halime bıraktılar da biraz nefes aldım. Masanın bir ucunda hayatlarında hiç kaybetmemiş, aslında sırf bu yüzden hiç kazanmamış erkekler, diğer ucunda onları hak eden kadınları. Tek taşsız parmağım ve fönsüz saçlarımla resmin kusursuzluğunu bozuyorum gibi geldi, hoşuma gitti. Tehlikeli sularda olduğunu bilip de, bundan tuhaf bir haz duyduğun ve hiçbir önlem almaya tenezzül etmediğin, içinde bulunduğun duruma ters düşecek bir şeyin yaklaştığını gördüğün halde kılını kıpırdatmadığın anlar vardır ya.

Bakıyorum, rakım bitmiş, kapının önüne sigara içmeye mi çıksam, yoksa kalıp bir kadeh daha doldurup, en azından içinde bulunduğum durumu eğlenceli bulmaya başlayacağım bir sarhoşluk mertebesine mi erişsem, karar veremedim. Mesela dedim, elimde kadehimle erkeklerin yanında bitiverip dün akşamki derbiye ilgili birkaç enteresan yorum yapsam da, o gece başucu lambaları söndürülmeden yapılacak yatak dedikodularına malzeme mi olsam? Yoksa konuyu çoktan yaz öncesi bikini diyetine getirmiş hepsi birbirinden sıska kadınlara mı sarsam?

Ayağa kalktım. Masadaki paketlerin birinden bir sigara aşırıp kapının önüne çıktım. Orada ne kadar kaldığım meçhul. İki ay sonra evleneceğim adam gittiğimi fark etmedi, döndüğümü de. On dakika da yok olmuş olabilirim, iki saat de. Masadaki hayat benden eksilen boşluğu saniyesinde görmezden gelmiş, ne harem ne de selamlık sandalyemden kalkıp ortadan kaybolmama kafa yormuş.

Yerime oturmak için masaya geri yürüdüm. Sendelediğimi fark ettim. Demek ki, rakı amacına ulaştı. Sevindim.

Sandalyeme yanaştığımda, sigaraya çıkmadan önce boş olduğuna emin olduğum yanımdaki sandalyenin arkasına bir erkek ceketi asılmış olduğunu gördüm. İki ay sonra evleneceğim adamdan boşalan sandalye anlaşılan başkasına yar olmuştu yokluğumda. Masada henüz doldurulmuş bir kadeh, içinde buzlar çıtırdıyordu. Bembeyaz tabakta yalnız ve beyaz bir peynir dilimi. Cemiyete taze bir konuk katılmıştı belli ki. Birden masadaki kitap dikkatimi çekti, kapağındaki toplu konutları hatırladım önce, *Sinek Isırıklarının Müellifi*. Pazarda annesini kaybetmiş de bulmuş çocuk gibi sevindim. İçime gecenin başından beri ilk kez hissettiğim bir duygu peyda oldu, yalnız değildim.

Sonra o geldi. Yanıma oturdu. Bir şey demeden rakısından bir yudum aldı. Bir şeyler hücum etti beynime, tanıyordum onu. Hiç görmemiştim evvelden ama biliyordum kim olduğunu. Cemil'di bu! Kim bilir kaç kere dönüp dönüp baştan okuduğum şu romanın kahramanından başkası değil. Kafam kadehin içindeki buzlardan farksızdı, içinde ne var ne yok eriyip gidiyordu son sürat. Anbean pelteleşiyordu dünya etrafımda.

Bir şey demedi önce. Ama sanki hep oradaymış, sanki kaç zamandır biliyormuşuz gibi birbirimizi, öyle rahatsız ikimiz de. Tanışmamıza falan gerek yok, "Ee, n'aptın?" diye girdi lafa.

Saatlerce konuştuk. Cemil anlattı, ben dinledim; Ankara'dan, karısı Nazlı'dan, yayınevindeki editör kadından, toplu konutlardan, kitaplardan bahsetti. Ben sanki kimseye bir şey anlatmamışım yüzyıllardır, susturamadım kendimi, biteviye konuştum, o dinledi; evlenmek üzere olduğum adamı, onu artık ne kadar sevmediğimi... Uzay boşluğunda iki sandalye, üzerlerinde bir kadın ve bir erkek, yani biz, bir yere doğru sürükleniyorduk döne döne. "Başım dönüyor. Cemil, ben galiba sarhoş oluyorum" dedim. "*Her şey bir şeyin etrafında durmadan döner, insanın payına düşen sarhoşluktur*" diye cevap verdi. Ben mi konuşuyordum, o mu? Bir türlü bilemiyordum. Saçma çıkışlar yapasım vardı. Benden hiç beklenmeyen haller içine giresim.

Birkaç kadeh sonra masanın altında dizlerimiz birbirine çarptı. Konu konuyu açmış, gündelik repliklerin alt metinlerinde kadınlığımızı ve erkekliğimizi, yani iki karşı cins olarak olasılıklarımızı tartmaya başlamışız çoktan. Kelime kelime, kadeh kadeh duvarları tırmanıp, birbirimizin bahçesindeki eriklere dalmışız. Bu yüzden bir kaza olarak algılamadı kimse bu çarpışmayı. Ne o bacağını milim oynattı, ne de ben. Çarptığımızla kalakaldık. Durduk öyle, diz dize.

* * *

Gecenin ilerlemiş başka bir saatinde sokak lambasının tungsten ışığının tül perdede süzülüp yumuşacık düştüğü yüzüne bakıyorum. Başka bir zaman, başka bir mekân varyasyonundayız. Çoktan ortak bir tarih yaratmışız. O kalabalık masadan kalkmış, iki hayalet gibi kapıdan dışarı sızıp sokağa atmışız kendimizi, kimse görmemiş. Kaçmışız hikâyenin aslından. Kendi hikâyemizi inşa etmeye koyulmuşuz iki korsan roman kahramanı gibi. "Bu yol nereye çıkar ki?" dediğimiz bir sapağa sapmışız. Sonunda bizi ne bekler, aklımıza bile getirmemişiz. Bir taksi hatırlıyorum arada. Şehrin ışıkları akıp gidiyor camın ardında. Kaldırımlar ıslak.

Karanlıkta iki kara parıltı bana bakıyor bir odanın içinde. Öylece yan yana yatarken, giysisiz, bir nefes alıyor sigarasından, üflüyor, "*Kadınlardan ne çok şey istiyoruz. Bizi affetsinler, bize memelerini göstersinler ve ölümsüzlük versinler*" deyip, susuyor. Bu cümleyi okuduğum anı hatırlıyorum, Konur'da bir kafede güldüğümü kendi kendime.

Sabah sokakta bütün yön duygumu yitirmiş, fırtınalı gecenin sabahında okyanusun ortasında bir adanın kıyısına vurmuş kadar yorgun, lakin içimde saadete yakın bir duyguyla, "*Her şeyi sadeleştiren bir sevinç*" derdi Cemil olsa buna, yürüyordum. Bir dükkânın camındaki yansımada, kendimi gördüm. Önce başkası sandım, sonra tanıdığım birine benzettim, derken, benmişim, tanıdım kendimi. Arkamda toplu konutların silueti, yüzüm akşamdan kalma. Elimde bir kitap, bıraksam düşecekmişim gibi sıkı sıkı tutmuşum. Dünyada kahramanı tarafından imzalanmış ilk roman: "*Çünkü kader hep en olmadık yere gizlenir... Cemil.*" Acaba dün gece Nazlı neredeydi diye geçirdim içimden.

Arif

Osmanbey'de yaşlı bir kadın telefonunu uzatıp "Evladım, gözlerim görmüyor, şu rehberden Arif'i siler misin? Öldü o" dedi. Sildim. Yüzüme baktı kısacık. Delip geçer gibi bakan ela gözleri, çizgi dudakları bir sürü şey anlattı birkaç saniyede. Telefonu aldığı gibi elimden, "Sağ olasın kızım" deyip, ağzımı açmama fırsat vermeden arkasını döndü, kalabalığın arasına karıştı. Peşinden baktım. Ağır aksak adımlar atıyor, bir yandan telefonunu mantosunun cebine koymaya çalışıp bir türlü beceremiyor, diğer elinde bir naylon poşet, sahip olduğu tek şeymiş gibi sıkı sıkı tutmuş. İş çıkışı akşam kalabalığının ortasında, fırtınaya tutulmuş bir balıkçı teknesi gibi. Yanından geçenlerin azıcık dokunmasıyla dengesi bozuluyor, yalpalıyor. Ha battı, ha batacak.

Asabım bozuldu. Birini bekliyordum, vazgeçtim onunla buluşmaktan, arayıp bir yalan atardım nasılsa, çiseleyen yağmura aldırmadan kadının peşinden yürümeye başladım. Bir acıma duygusu değildi içimde kabaran. Yaşlı kadının acizliği burmamıştı karnımı. Başka bir şey, daha kocaman, daha dünyanın haliyle, hayatın kendisiyle ilgili bir şeydi. Uzakta, insan denizinde batıp çıkan lacivert eşarbını gözden yitirmeden, bir süre yürüdüm arkasından. Arif kimdi, bu değildi öğrenmek istediğim. Bir hikâye vardı orada, tam karşımda, gündelik hayatın hengamesi içinde bana değmiş, koluma yapışmış, "gel" diyordu. Hepsi bu.

Hava çoktan kararmıştı. Kaldırım işten ve okuldan çıkmış, itişe itişe eve varmaya çalışan insanlarla doluydu. Biriyle çarpışmadan yürümesi kolay değildi. Telaş içinde tıkırdayan topuklar, akşam trafiğinin alametifarikası sabırsız araba kornaları, yoldan geçen belediye otobüsünün su sıçrattığı kadının çığlığı, peşine okkalı bir küfür, annelerinin kucağında taşınmaktan helak olmuş sümüklü çocuklar, okuldan çıkan ergenlerin yüksek sesli alaycı kahkahaları, otobüs durağında soğuktan büzüşmüş bekleyenler, birbirine karışan sigara dumanları, buğulu camlar, araba farlarının ışığında kendini gösterip "İyice bastırdı" dedirten yağmur, ıslak paçalar, agresif silecekler, soğuk burunlar... İstanbul'da bir kış akşamını betimlemeniz gerekse, ne eksik ne fazla, resmi tamamlayacak her detay vardı etrafta.

Kadın az ötemde, ben peşinde, bir süre gittik öyle. Sonra başka bir caddeye saptı. Biliyordum bu eski mahalleyi. Bir arkadaşım oturmuştu bir ara. Gayrimüslimler yaşıyordu çoğunluk. Sakinleri ekseriyetle yaşlıydı. Severdim buraları. Şimdilerde göçmenlerin gözdesiydi. Afrika'dan, Uzakdoğu'dan gelenlerin artık bizden sayıldığı yerlerdi. Kaldırım ana caddedeki gibi burada da kalabalıktı. Dükkânların tantanası sokağa taşmış. Herkesin elinde beyaz poşetler. Fırında ekmek kuyruğu, yolda tampon tampona dizilmiş arabalar, otobüsler salamura zeytin tenekesi gibi, tıka basa.

Kadın dar bir sokağa sapıp gözden kaybolunca telaşlandım. Adımlarımı hızlandırdım. Köşeyi döner dönmez onu az ilerideki ahşap bir evin kapısını açarken yakaladım, içeri girip kapıyı kapamadan yetiştim:

"Merhaba."

Yüzüme baktı. Anlamadı önce. Sonra tanır gibi oldu.

"Buyur kızım" dedi. "Kime bakmıştın?"

"Aslında kimseye. Az önce telefonunuzdaki ismi silen kişiyim ben. Şeyde, hani metro durağının orada."

Durdu biraz. Düşündü. Yüzü aydınlandı sonra.

"Ha, tamam. Ne istedin evlatçım?" dedi.

"Yani siz öyle öldü deyince... Sonra gidiverdiniz birden yanımdan. Sanki söyleyecek bir şeyiniz vardı da... Ben de bir şey soramadım, öyle kalakaldım. Aklım takıldı, peşinizden geldim."

Gülümsedi. Yüzündeki çizgiler başka bir resim çizmek için hareketlendiler aynı anda.

"Gel bakalım içeri madem. Sırılsıklam olmuşsun. Isınırsın hem biraz" dedi. Küçücük eliyle içeriye gösterip girmem için kenara çekildi.

Dışarıdan göründüğü kadar hırpani değildi evin içi. Yine de artık sadece Çukurcuma'daki dükkânlarda bulabileceğiniz, bir dönem filmi çekmeye yetecek kadar eski eşyayla tıka basa doluydu. Sararmış danteller, kocaman difenbahya desenli koyu renk perdeler, cam küllükler, kırlentler, ahşap bir radyo, vitrinin içine özenle yan yana dizilmiş bitmiş kolonya şişeleri, kristal bir çakmak, duvarda siyah beyaz aile fotoğrafları... Şu Türk filmlerindeki haki yeşil çevirmeli telefondan bile vardı girişteki ahşap konsolun üzerinde. Girer girmez bir tuhaf huzur bastı içimi. Beklemiyordum böyle hissetmeyi. Sokağın kaosu kapının dışında kalmıştı. Eski eşyanın kokusu içeride. Benim meraklı gözlerle etrafı incelediğimi görünce "Ya işte çocuğum," dedi, "insan böyle tek başına kalıverince eşyaya tutunuyor sımsıkı. Atamıyor hiçbir şeyi."

"Yok, ondan değil" dedim. "Çok sevdim evinizi. Bir sürü şey hatırlattı bana."

"Hatıralar da olmasa yok olup giderdik değil mi?" deyip pencerenin önünde karşılıklı yerleştirilmiş koltuklardan birini işaret etti. Oturdum. Yavaş hareketlerle perdeleri açtı. Sokak lambasının turuncusu doldu içeri. Yağmur hızlanmıştı. Karşıma oturdu. Ne diyeceğimi bilemiyordum. Söze nereden başlayacağımı kestiremedim. Diyecek bir sözüm var mıydı, o da meçhuldü.

"Arif," dedi, uzun bir söze başladığını belli edercesine arkasına yaslandı, "çok eski bir hikâye. Dinlemek ister misin?"

Başımı salladım.

"Senden gençtim o zamanlar. Babam şapka ustasıydı benim. Tünel'de çok meşhur bir dükkânı vardı. O zamanlar İstanbul'un en iyi şapkaları babamın elinden çıkardı. Aldığı siparişleri yetiştiremezdi. Öyle hayrandı herkes şapkalarına. Ben daha 20 bile değilim o zamanlar. Nasıl güzelim..." Durdu. Pencereden dışarı çevirdi başını. Bir şey görür gibi ıslak sokağın karanlığında, gözlerini kıstı. Sonra toparlandı birden.

"Yaşlılık işte evlatçım, bir şey içer misin? Sormayı akıl edemedim. Kusura bakmayasın."

"Yok, çok sağ olun. Zahmet olmasın size. Böyle paldır küldür evinize gelmem bile büyük kabalık."

"Geleni gideni olmayan biri için bunun ne büyük bir nimet olduğunu bilsen. Hele de böyle bir günde."

"Yine de zahmet etmeyin" dedim.

Hikâyenin devamını merak ediyordum. Bir şeyler getirmek için mutfağa gitmesine gönlüm razı olmadı.

"Peki, madem öyle, anlatayım da dinle hikâyenin gerisini" dedi, anlatmaya başladı iştahla.

"Babamın dükkânının olduğu handa küçük bir resim atölyesi vardı. Gençten ressamlar gelir giderdi oraya. Bir toplaşma yeriydi daha çok. Bir gün dükkâna beni koymuştu babam, Yüksek Kaldırım'a kadar gitmişti, orada bir kalıpçı ustası vardı birlikte çalıştıkları. Nasıl güzel bir Haziran günü. Ihlamurlar çiçeğe durmuş. Kokudan başımız dönüyor. Herkes hülyalı hülyalı dolanıyor Arnavut kaldırımlı sokaklarda. Kadınlar, erkekler, hepimiz sarhoş gibiyiz."

Heyecanlandı. Ben de heyecanlandım.

"Birden dükkânın kapısındaki çanı işittim, kaldırdım kafamı. Koşarak geldiği belli, gençten bir oğlan nefes nefese 'Resim atölyesi varmış bu handa. Kaçıncı hatta acaba?' Elim ayağım dolandı. Uzun, upuzun bir oğlan o zamanlar. Elinde kâğıtlar, defterler. Bembeyaz gömleği, terden hafifçe parlamış yüzü dün gibi aklımda. Kocaman iki göz, kapıda durmuş bana bakıyor. Ne diyeceğimi bilemedim bir an. Bir şeyler geveledim. Meramımı anlatamadım, 'Efendim?' dedi kibarca. Halimi görünce, bir gülümsedi ki evlatçım, güller açtı yüzünde. Karnımdan yukarı bir sıcaklık, kulaklarım uğulduyor, bayılıyorum sandım. 'İyi misiniz?' deyip koştu yanıma. Elindekileri fırlatıverdi sandalyenin üzerine. Elini alnıma koydu. İşte Arif'ti o. Bugün ölmüş."

Nefesim kesilmişti. Ellerim buz. Tek bir kelimem yok edecek. O da kötü olmuştu. Usulcacık bir damla yaş aktı yanağından aşağı, eteğine damladı. Yün yeleğinin cebinden kumaş bir mendil çıkarıp siliverdi gözlerini. Sarılmak istedim o an. Tuttum kendimi.

"İyi misiniz?" dedim.

"İyiyim, iyiyim. Merak etme sen beni. Özlem bizim Arif'le sevdamızın mayasında vardı. O Haziran gününden bugüne, hiç kavuşamadık ki biz, şimdi ayrı düştüğümüze yanayım. Bakma sen ağladığıma. Yaşlılık işte. Her şeye gözü sulanıyor bu kocamış kadının artık."

"Öyle demeyin."

"Yok yok, evlatçım. Görünen köy kılavuz istemez."

"Kusura bakmayın. Sizi o günlere geri götürdüm durduk yere."

"Ben hep o günlerdeyim zaten canım kızım. Bugün mü kalmış? Şu eve baksana. Bugünden ne var içinde?"

Eliyle koltuğun kenarına serdiği eprimiş iğne oyasını okşadı. Eşyalar kalmıştı geriye bir tek. Haklıydı bunu söylerken. Onlara tutunuyordu.

Yerinden kalktı yavaşça. İçeri gidip bir karton kutu getirip koydu aramıza.

"Bir de mektuplar" dedi. "Bir de onlar kaldı geriye."

Kutuyu açmam için işaret etti. Kapağını kaldırdım. İnci gibi bir el yazısıyla doldurulmuş sayfalarca mektup. İçlerinden kısacık bir cümle cımbızladı gözüm. "Gözümün nuru, seni çok özledim." Beni, sokaktan geçen herhangi birini yani, bu kadar özeline soktuğu için utandım. Haddim var mıydı onu bu kadar çok şeyle bir anda yüzleştirmeye? Bir soru sorsam, dünyası yıkılacak gibiydi, öyle hassas, öyle kırılgan. Bu kolçakları parlamış eski koltukta otururken, bir ömrün bana böyle cesurca, böyle tüm açıklığıyla sunulmasından rahatsız oldum. Elimi süremedim mektuplara. Tek bir kelimem, tek bir hareketim her şeyi bozacaktı, sanki haddimi aşacaktım.

Devam etti anlatmaya.

"Arif o karşılaşmadan birkaç gün sonra bir akşamüstü Tünel'de tramvay beklerken yanıma gelip 'Daha iyisiniz umarım' dedi. Gülümsedim. Karşılık verdi. O gülümseme gizli bir anlaşmanın ifadesiydi. Fazla söze gerek yoktu. Biraz yürümeyi teklif etti. Kabul ettim. Öyle yan yana biraz konuşarak, çoğunluk susarak meydana doğru yürüdük. Akşam iniyordu Pera'ya. Gölgeler uzamaya başlamıştı çoktan. Etrafta tatlı bir telaş. Nasıl mutluyum. Yürümüyorum, uçuyorum sanki. İnci Pastanesi'nin önünden geçerken 'Oturur muyuz biraz?' dedi. İçeri girdik, hemen girişteki masaya oturduk. İşte o masada bir şey oldu o Haziran akşamı evlatçım, dışarıdan bir gözün görmesinin mümkün olmadığı, sadece bizim bildiğimiz bir şey."

"Sonra ne oldu?" dedim, böyle bir şeyi nasıl sorabilmiş olduğuma kendim de şaşırarak.

"O yaz beni bugünlere taşıyacak kadar hatıra biriktirdik Arif'le. Evlenecektik. Lakin daha çok gençtik bunun için. Ailelerimize havadisi verecek cesaretimiz yoktu henüz. Onun tahsili devam ediyordu. Bense evin küçük kızı olarak, ablaların evlenmeden böyle bir işe girişecek vaziyette değildim. Hiç unutmam, 4 Eylül'dü, Emirgan sahilinde buluşmuştuk. Bana Paris'e gideceğini söyledi. Dünya başıma yıkıldı o an. Geri dönecekti elbet. Eğitimi için bir süre orada bulunması hayrına olacaktı, yeteneğini keşfeden hocaları bunu salık vermişti. Her şeyi ayarlamış, bir tek bana haber vermesi kalmıştı. Elbet kırıldım. Ama o kadar seviyordum ki onu, belli etmedim. Bekleyecektim."

Sustu. Eski bir yarasına dokunur gibi kalbinin üzerine koydu elini.

"Bir daha gelmedi Arif" dedi. "Orada bir kadınla evlendi. Ben de burada bir başkasıyla evlendim. Mukadderat işte evlatçım. Kısmet değilmiş."

"Mektuplar?" diye sordum.

"Sevdayı durdurmak mümkün mü? Gizli gizli yazdık birbirimize yıllarca. Fotoğraflar gönderdik. Havadisler verdik. Sonra baba oldu o. Mektupların ardı arkası kesildi o zaman. Ben anne olamadım. İstedim ama olamadım işte."

"Bir daha hiç görmediniz mi birbirinizi?"

"Çok değil birkaç yıl kadar önce memlekete geldi, eski dostları son bir ziyaretmiş demek, o zaman anlamadık tabii hiçbirimiz. Sormuş soruşturmuş, buldu beni. Mecidiyeköy'de bir simitçide buluştuk. Bir çay içip kalktık. Konuşacak şey bulamadık. Kalkarken telefonunu verdi bana, 'Ararsan sevinirim' dedi. Hiç aramadım. Mektup da yazmadım bir daha. Onu son görüşümmüş meğer."

İzin istedim, "Ben gideyim artık, sizi de çok yordum." Ayaklandım.

Kapıya kadar geçirdi beni. Ayakkabılarımı giydim, tam çıkacağım, "Dur," dedi, "bekle kızım." İçeriden elinde mektupların olduğu kutuyla geldi.

"Benim bunları bırakacak kimsem yok. Evin eşyası dağılır bir şekilde ben gidince. Ama bunlar ortalarda kaybolsun, sahaf köşelerine dağılıp gitsin istemem. Sende kalsın. Olur mu? Yapar mısın bunu benim için?"

Birkaç dakika sonra sokağın kalabalığına dalmıştım yine. Yağmur kesilmişti. Telefonumda tonla cevapsız çağrı, elimde bir kutu, nereye gideceğimi bilmez halde İstiklal Caddesi'ne doğru yürümeye başladım. İnci Pastanesi'nin olduğu yerde kazulet gibi bir alışveriş merkezi vardı artık. Pastanenin bulunduğu tarihî binayı yenileme maksadıyla birkaç yıl önce yerle bir etmişler, yerine bu ruhsuz, sakil binayı dikmişlerdi. Oradan geçerken daha bir sıkı sarıldım elimdeki kutuya. İyi bir şey yapmıştım. Galiba.

Bozkır

Korkarım tozu yere inmeyecek hayatımın. Baksana, habire dörtnala atlar geçip duruyor üstünden. Otobüs bozkıra daldığında, bunu düşünüyordum. Galiba aklımın içinde Ankara'ya götürüyordum o atları. Gözüm dağın taşın sarısında. Turgut Uyar sarısıydı bu. Şehir önümde uzanmış sere serpe. Hiç sinyal vermiyordu içinde ne sakladığına dair, vakur bir hal üzerinde, kurum kurum kuruluyordu karşımda. İçimi yokladım, saadete benzer bir his derinde bir yerde kıpırdadı. Şimdilik erişmesi zor bir yerdeydi ama yine de oradaydı, bit kadar da olsa. Otobüs asfaltın üzerindeki beyaz çizgileri yuttukça, yaklaştığım bir şehirden çok, bir hayattı galiba, öyle gelmişti o an. Yine vurmuştum çantamı sırtıma, düşmüştüm yollara. Kalır mıyım? Evim olur mu Ankara? "Belki" dedim farkında olmadan yüksek sesle. Muavin "Efendim?" diye koştu geldi. Mahcup bir çocuktu. "Bir şey yok," dedim, "size demedim." Keşke size deseydim gerçi diye geçirdim içimden, o, uzun yol hali sıyrılmış eteğimden görünen bacağımdan utanıp arkasını dönüp giderken. Oturur dertleşirdik biraz. Siz bana çay getirirdiniz, sallama, ben size neden geldiğimi anlatırdım buraya. Şehre girerayak, biraz kendi sesimden, kendi kulağımla dinlerdim kendi hikâyemi. Yüksek sesle okurdum içimi size. Nasıl ihtiyacım vardı buna. Temize çeker gibi müsveddeleri, kendimi yabancı birine anlatmak nasıl iyi gelirdi bana. Çeriniçöpünü ayıklardı aklımın. Sonra siz uzaklara, o sarılı kahverengili alacaya bakıp "Ankara," derdiniz cigaradan çatallanmış sesinizle, "bozkırın ortasında bir yer burası işte. Zordur yalnızlığı ama İstanbul'unki gibi de fena değildir. Yalnızlığı da kışları gibidir buraların, sizin oralar gibi üşütmez insanı iliğine kemiğine varasıya." Nasıl da hemen bilirdiniz yalnızlıktan kaçtığımı.

Kafamı cama yasladım, indiğim gibi binip dönsem mi İstanbul'a dedim bir an. Palas pandıras, aynen geldiğim gibi ilk otobüsle, geride bıraksam bu sarıyı. Yabancı yer burası hem, yabancısıyım her şeyin. Ne bok yemeye geldiğimi kestiremediğim bir şehirde, yol bilmem, iz bilmem. İstanbul yalnızlığından kaçarken, başka bir kentin yalnızlığına tutulmak var hem. Tekinsiz duygular yokladı içimi. Kızılay'da kaldırım taşına oturmuş ağlarken, kızarmış burnumu koluma silerken hayal ettim kendimi. Yeşilçam'la büyüyen çocuklarız, dram dedin mi en alasını yaratırız derhal. Sonra, Emek'te bir çocuk parkında başka bir zavallı sahne yarattı zihnim. Bir banka oturmuşum misal öğle vakti, boş salıncaklara bakıyorum, güneşin altında parlayan kaydırağa falan, güvercinlerin kabara kabara dolandığı suyu çekilmiş süs havuzuna, arka arkaya sigara içerken bir yandan, yapamazken burada, gidemezken de bir türlü. Ya da Kuğulu Park'ta kar yağarken. Yalnız başıma oturmuşum. Elim ayağım donmuş soğuktan. Eve gidesim de yokmuş hiç. Boşmuş ki ev. Boş eve gitmesi zormuş.

Kovaladım tatsız tuzsuz düşünceleri aklımdan. Keyfim kaçtı yine de. Kimi kandırıyordum, el mecbur inecektim bu otobüsten 20 dakikaya... Neyse hikâyem yaşayacaktım. Sağlı sollu toplu konutlar belirince, o derindeki tatlı his uzattı başını gölgelerin arasından, Hızır gibi yetişti, bir umut işte. AŞTİ'den bir taksiye atlayıp bitiverecektim kapısında. Beni görünce "Hah!" diyecekti, "Geldin işte." Güzel olacaktı her şey. Kavuşmak da vardı hayatta. Sırf keder mi?

Neredeyse bir haftadır uyuyamıyordum. Otobüse binesiye hayalet gibi dolanmıştım yeryüzünde. Geceleri dönüp durmuştum yatakta. Ezan sesinden ölçmüştüm zamanı. Lokma koymamıştım ağzıma doğru dürüst. Yığınla sigara içmiştim. Bokunu çıkarmıştım sigaranın, çayın, kahvenin. Turlamıştım evin içinde kedi gibi sabahtan akşama, akşamdan sabaha. O koltuktan kalkmış, bu koltuğa oturmuştum. Muslukları açıp kapamıştım yok yere. Kanepenin kırlentlerini düzeltmiştim ikide bir, sanki içimde bir şeyleri düzeltiyormuş gibi. Halının kanepeyle olan simetrisini kontrol edip durmuştum. Yara bantlarıyla sarmıştım kendimi kemirdiğim yerleri. Pencereden sokağa bakmıştım ışığı açmadan. Travestilere, polis arabalarının mavi ışığına, köşede kusan yeni yetmeye, kavga eden iki sevgiliye, çöpçülere... Uyuyan eşyayı dinlemiştim evdeki. Durup durup aklına çok önemli bir şey gelmiş gibi tangırdayan buzdolabını, "Hayat hiç tekin değil" diyerek tak diye genleşen ahşabını kapının. Üst katın tıkırtılarına kulak kabartmıştım sonra. Bekâr bir adamdı üst komşum. Birkaç merhabamız vardı merdivenlerde karşılaşınca el mecbur sarf edilmiş. Üst üste konuşlandırılmış iki kutunun içinde yaşayan iki insan olmamızın dışında başka ortak noktamız yok. Apartman boşluğunda anahtar şıkırtısını duyardım önce; eve gelirdi. Bir kadın kahkahası sonra; gece uzun olacak, belliydi. Çok değil bir saat kadar sonra, ritmik döşeme gıcırtısı çayımın yüzeyine halkalar çizerdi; belli ki ertesi gün halı yanıkları sızlayacaktı birinin. Gecenin üçünde duvarların arkasındaki borulardan uzun uzun inerdi sular; beraber duş.

Uyuyamıyordum işte. Uyuyamadıkça daha çok duymaya başlamıştım her şeyin sesini. Hışımla kalkıp çantamı hazırlamıştım bir gece. Hazırlamıştım da kapının ağzında bekletmiştim kaç gün. Ankara'ya varmak üzere bindiğim şu otobüse adımımı atasıya dokuz doğurmuştum. "Gel" demişti çünkü bir gece. Hayatıma bodoslama girdiği yetmezmiş gibi, "Tut kendini, getir yanıma" demişti.

Birkaç ay önce eylemde tanışmıştık, İstanbul'da. 4 ay 12 gün önce tam. Ankara'da yaşıyordu. Öğrendiğimde üzülmüştüm de, çaktırmamıştım, "A, ne güzel!" diyerek. Telefonlar alınıp verilmiş, –teknolojinin allah belasını versin– uzak mesafe ilişkisi gibi bir illete bulaşmış, mesajıydı, elektronik postasıydı insanlıktan çıkmıştık türlü ekran karşısında. İnsan uzak olunca eksik yerleri kendi tamamlıyor ya, ben onu kocaman yapmıştım içimde. Yetmemiş, hepi topu bir eylemde gördüğüm, sloganlar atıp dağıldıktan sonra Danışman'da bir çay içtiğim bu bıyıklı, esmer adama çok pis abayı yakmıştım. Çok uzun zamandır kış uykusundaki kalbime, kapıyı dahi çalmadan borazanlarla girmiş, ne var ne yok uykusundan uyandırmıştı. Ayıp etmişti, ben de gıkımı çıkarmamış, kuru bir yaprak gibi kapılıp gitmiştim debisine. Havasız odama girmiş pencereyi açmıştı sanki. Öyle zamanlardı benim için. Aklımı karıştıran yoktu nicedir. Biten bitmiş, giden gitmiş. Çok olmuş biri bana "Gel" demeyeli. Yoksa ben öyle bıyık altından iki gülüşe tav olacak kadın değilim ama olmuş bulunmuştum işte. Bir şey çağırıyordu bazen insanı, gidiyordu peşine, o kadar.

Neden sonra geri çekilmişti. Bir gün sabaha karşı rakılı sesiyle arayıp, "Gel," demiş, "Gel, hayatını taşı yanıma" demiş, ben sesim heyecandan kısık "Olur" deyivermiştim. Sonra kaçmıştı deliğine. O geceden sonra konuşmamıştık bir daha adamakıllı. Sanki bir şey olmuş, saat gece yarısını vurmuş da balkabağına dönüşmüştü parıltılı olan ne varsa. Parti sona ermişti. Anlaması zordu ama şaşırtmamıştı da bir yandan. Sonraki konuşmalarımız hep tek tük. "Naber"li. "İyilik"li. Sesindeki ergen heyecanı sönmüş, yerine 40 yıllık evlilik yorgunu biri gelmiş. Sessizdi telefonda. Çoğunluk ben bir şeyler anlatıyordum, o kısacık cevaplar veriyordu. Kuru yaprak gibi hışırdıyordu sesi kulağımda. Ne zaman gelmekten söz açsam, bitirmesi gereken projelerden, hayatının kalabalığından, bir türlü kafasını dinleyemediğinden söz açıyor, konuyu değiştiriveriyordu. Çat diye bitiveriyordu sonra konuşmalar, kuru bir "İyi o zaman, görüşürüz madem" ile.

Bir sabah kalkıp daha fazla dayanamayacağıma kanaat getirince ben, neler olduğunu anlamak zorundaydım, besbelli delirmekten korkmuştum, Gümüşsuyu'nda aldım soluğu.

"İlk araba ne zaman?"

"İki saat sonra."

Oturup bekledim otobüs şirketinin bembeyaz aydınlatılmış yazıhanesinde. Kavuşmak mevzu bahis olduğunda lunapark gibi olur yazıhaneler. Veda ise orada bulunmanın nedeni, bildiğin cenaze evi. O iki saat, hayatımın en çileli iki saati, geçmek bilmedi. Çok değil birkaç hafta önce ağzım kulaklarımda dolandığım halimden eser yoktu yazıhanenin kirli aynasındaki yansımamda. Beni görüp de "Sende bir güzellik var bu ara, aşık mı oldun yoksa?" diyen herkesi yalancı çıkarırcasına, yorgun, uykusuz, çirkinim.

"Geliyorum" diye mesaj atmıştım, İstanbul çıkışı, gişeleri hemen geçince. Sürpriz yapasım vardı ama neme lazım, durumun bilinmezliği vazgeçirdi beni ani bir çıkış yapmaktan. Sürpriz yapacağım diye sürprizin alasıyla karşılaşmak var. Aklıma tonla hikâye geldi, tonla sahne, kadın aklı bu. Haberi olsun dedim. Sahneye yanlış zamanda girmek bana göre değil. Atıverdim kısasından bir mesaj. Lakin cevap gelmedi. Yol bitti, sağlı sollu toplu konutlar belirdi, otobüs geldi Ankara'nın kapısına dayandı, ses yoktu hâlâ. Durmadan kontrol edip durdum ekranı yol boyunca. Belki dedim telefonunun sesi kısık kalmıştır, belki şarjı bitmiştir, aksilik bu ya. Defalarca baktım boş ekrana. Ne zaman sonra titredi telefon kucağımda, hevesle aldım elime, bir iç çamaşır markasının sonbahar indirimini müjdeliyordu ekrandaki aptal harfler. Temiz bir küfür ettim. Muavin çocuk kesin duydu da, ağzı yanmış bir kere, uzaktan dahi olsa göz göze bile gelmedi benimle.

AŞTİ'de indim arabadan. Tam o sırada öttü telefonum çantamın derinliklerinde. Bir panik çıkardım, mesaj ondan.

"Sen bilirsin ama..."

Gerisini okumadım. Bir kez daha yazıhanede aldım soluğu.

"İstanbul'a ilk araba ne zaman?"

"Birazdan kalkıyor."

"Yer var mı?"

"Var hanfendi, boş zaten araba."

Ayak izlerimi silmek için sana gelen bütün yolları tersinden yürüyeceğim önce, demiş ya şair, çok değil yarım saat sonra, bu sefer arkamdaydı bozkır. Daha bir sarı gibi geldi bu defa. Baktım, aynı muavin çocuk, bir çay istedim, sonra dedim "Otursanıza, yoruldunuz siz de. Araba da boş, işiniz yoksa yani." Yüzüme baktı, sonra gitti çayı getirdi. Yanımdaki koltuğa oturdu. Kendine de neskafe yapmış. Ben, başladım anlatmaya...

İyiyiz

"Eee, ikiniz, şu tatsız sevgilinle sen yani, nasılsınız?" diyor bir tanesi.

Haftalardır görüşmemişiz. Kendimi yakın kız arkadaş çemberinin dahi dışında tuttuğum inziva dönemimde, hiç bilgi sızdırmamışım dışarı. Haftalarca aramamışım ikisini de. Arabayı dayayıp kapıya "Yürü, kahvaltıya gidiyoruz. Yeter bu kadar eve kapandığın!" diyerek beni apar topar sokağa çıkardıkları o sabaha kadar, nicedir görüşmemişiz. Çıkmamışım ki telefonlarına. Kazara açtıysam, "Şimdi müsait değilim, ben seni arayacağım" demişim. Çat kapamışım yüzlerine. Aramamışım da geri. İşi bahane etmişim hep, "Çok mühim bir çeviri var elimde, evden adım atacak halim yok" demişim. "Sesin iyi gelmiyor" diye inat etmişler. "Yorgunluktandır" deyip kestirip atmışım. O kadar uzun zaman sürdürdüm ki, bu kedi fare oyununu, o sabah zili çaldıklarında, bütün bahanelerim tükenmişti. Kaçacak deliğim yoktu artık. Diyafona "Kim o?" dediğimde, kulağımda patlayan neşeli "Biz!" cevabı, evin ölüm sessizliğini bozmuş, bana tek bir şey söylüyordu: İnsan içine çıkma vaktim çoktan gelmiş.

Seviyordum onları sevmesine, ikisini de ayrı ayrı. Yüzyıllardır tanıyorduk birbirimizi. Ta ortaokuldan bugüne. Biri yanımda, biri arka sıramda oturdu yıllarca. Gözüm seyirse bir karşılığı vardı onlarda. Ciğerimi okurlardı. Ama görmek istemiyordum onları şu sıra. Aslında kimseyi. Neden diye düşünürken şunu bulup çıkarmıştım aklımın iğne atsan düşmez kalabalığından: Mutlulukları çok geliyordu bana. Kendime itiraf edemiyordum kolay kolay ama kesin buydu sebep. Hayatlarında iyi giden her şey, benim hayatımda kötü giden şeylerin altını çiziyordu. Gözüme sokuyordu aksaklıklarımı, arızalarımı. "Bak, böyle olabilirdin sen de" diye başarısızlığımı vuruyordu yüzüme. Evlilikleri, asla ihmal etmedikleri sadık kocaları, organik besledikleri çocukları, mutlu fotoğraflarla bezedikleri evleri, şampuan reklamlarındaki gibi her daim parlayan sağlıklı saçları... Beri yandan ailevi görevlerinden arta kalan zamanda her nasılsa sekteye uğratmadıkları kariyerleri. Bir kadının hayatında zafer adı altında kayda geçen her şeyleri yani. Benim gözümü kör etme pahasına içinde kaybolduğum kitaplar, kahvaltıdan sonra içmeye başlayan görece işsiz senarist sevgilim zaferden sayılmıyordu o dünyada. Mutfak balkonumu ele geçiren boş bira şişeleri de sayılmıyordu. Peş peşe yaktığım sigaralardan mütevellit sararmış parmaklarım, gardırobun kapağını her açtığımda üzerime yığılan kıyafetler, buzdolabının raflarında, kahve fincanlarının dibinde benden habersiz palazlanmış mikro hayatlar hele, hiç. Başkalarıyla görüşmezken o kadar kötü değildi hayat. Bir kıyasa gerek olmuyordu o zaman, kim kazandı, kim kaybetti, fark etmiyordu. Bir alternatifi yoktu çünkü hayatımızın. Daha iyisi yoktu. Neyse oydu hayatım. Neysek oyduk.

Beni neredeyse karga tulumba bindirdiler arabaya. Kapıları kapar kapamaz, gaza bastı arabayı kullanan. Hisar'a doğru yola çıktık. Arka koltukta kafamı geriye yaslayıp teslim oldum biçare. Üzerimde, önünde boyaları çatlamış bir Morrissey resmi eski bir tişört. Epeydir sigara ve kahveyle geçiştirilen öğünlerin neticesinde, belimden düşen eski bir kot. Bir vakit yeşil olduklarını hatırladığım güneşten solmuş sarı lastik pabuçlar. Kalın çerçeveli okuma gözlüklerim hâlâ gözümde. Zili çaldıkları vakit kapıyı açmak için masadan kalktığımda nasılsam, aynen o kılığımla şimdi bir arabanın arka koltuğunda oturuyorum. Birisi benimle yerleri silmiş, öte berinin tozunu almış, sonra kenara bir yere bırakıvermiş gibi.

Sol yanıma bir çocuk koltuğu konuşlandırılmış. Ayağımın altında yere düşmüş oyuncak bir tırtıl. Biri psikolog ve halihazırda anne, diğeri üç aylık hamile ve başarılı bir bankacı, konuşurken bildiğin şakıyan, alabildiğine neşeli, yüzlerinden gürbüzlük akan en yakın arkadaşlarım olarak meşrulaşmış iki kadınla aynı arabanın içinde, uzaylılar tarafından kaçırılmış gibiyim.

Önce sağdan soldan bahsettik. Özlemişim onları. Sakinledim biraz konuşunca. Birlikte kahvaltı yapmanın iyi bir fikir olduğunu bile düşündüm bir an. Lakin söz dönüp dolaşıp ona gelince tadım kaçtı. Peki, biz, yani ben ve o, yani sevgilim olacak adam, sevmiyorlar onu hiç, nasılız? Şaşırmadım. Öyle eminim ki, bu sorunun geleceğinden. Yine de hazırlıksız yakalandım. Saklanacak yerim yok. Ne sessize alınacak bir telefon bu sefer, ne "meşgulüm, ben seni arayacağım" bahanesi. Bir nefes aldım. Bir cesaret başlasam belki, anlatabilirim. Bir başlasam... Ne zamandır sustuklarımı boca edebilirim üzerlerine. Ya da aynı coşkuyla susmayı da sürdürebilirim. İkincisini seçtim önce. Her şeyin üzerinden bir kez daha geçmeyi gözüm yemedi çünkü. Bin kere anlattığım, onların da bin kere nasihatleriyle taçlandırdığı aynı konu. İşe yaramaz, kendi dahil kimseye faydası olmayan bir adamla birlikteyim. Saplanıp kaldım ona. Bir adım ötesi yok. Varsa uçurum. Bırakamıyorum. Onların durduğu yerden tek bir ayrılık kararıyla çözülecek basit bir sorun bu. Benim baktığım yerden uzun süredir katlandığım, çıkış yolunda defalarca kaybolduğum, içinde kalmaya kendimi kim bilir kaç kere ikna ettiğim, çok bilinmeyenli bir denklem. Çaresi elbette onların önerdiği gibi ayrılık falan değil. Ayrılık dediğin dolapta çürüyüp gitmiş bir domatesi çöpe atmak gibi bir şey mi? Boş şişeleri kapıcı Osman Bey alsın diye kapının önüne koyuvermek mi? Bir insanı geride bıraktığında, sırf onu mu bırakıyorsun geride? Onunla dahil olduğun dünyayı "Artık miadını doldurdu" deyip kırmızı bir tuşa basıp havaya uçurmak ve başka bir gezegene taşınmak diye bir şey var mı? Hayatlarında hiç yalnız kalmamış kadınlar beni anlar mı peki? İşe yaramaz da olsa o gidince hayatın ne biçim tenhalaşacağını, kız arkadaşlarının aile ajandalarının doluluğu içinde sana bir Pazar günlerini ayırma ihtimalinin yılda en fazla üç, bilemedin dört olduğunu kimse bilmiyor mu? Bu kadınlar hiç duymuşlar mı eşyanın sesini "Evde bir nefes olsa keşke" diye iç geçirdikleri tenha bir Pazar gecesinde? Sırf o nefes sesinin hatırına, insan nelere katlanır, bilirler mi? Hayatlarında hep doğru ata oynamış kadınlar için her şey ne kolay. Benim gibi daha ilk yüz metrede kaybedeceği gayet aşikâr, düz yolda yürümesini bile beceremeyen atlara düşkün biri için hayat çok farklı bir yer.

Susarak vazgeçmelerini bekledim. Dev bir "Nasılsınız?" sorusu kaza anında şişmiş bir hava yastığı gibi basıyor da basıyor böğrüme. Soru değil fil sanki. Kesin öyle. Arka koltukta debeleniyorum. Oyuncak tırtılla göz göze geliyorum arada, pis pis sırıtıyor bana çirkin plastik ağzıyla. Ne zaman sonra, arabayı kullananın gözlerini gördüm dikiz aynasında. Nar çiçeği ojeli, manikürlü parmaklarıyla kâkülünü düzeltirken, bir yandan beni süzdü, tedirgin. Yanında oturan diğeri, arkaya dönmüş, gözlerini gözlerime dikmiş, merakla anlatacaklarımı bekliyor. Hamilelik yaramış.

Daha fazla dayanamayıp "İyiyiz" dedim.

Bir kelime daha çıkmadı ağzımdan. Aradım, taradım aklımı, en şaşaalı kelimeleri bulup çıkarasım var. Ne kadar mutluyuz tanrım, ayaklarımız nasıl da kesik yerden, çok aşığız, ölüm bitiyoruz, içmiyor artık eskisi gibi, epeydir ertelediği uzun metrajı yazmaya başladı falan demek istiyorum böyle bir sahnede. Filmlerdeki gibi gözlerimin içi parlasın ben anlatırken, şen şakrak kahkahalarımız arabanın pencerelerinden taşsın, etraf "N'oluyor yahu" diye bize baksın falan. İnanmadılar elbet. İkna olmadılar. Ama daha da gelmediler üzerime. Gözlerimi kaçırdım el mecbur, başım önde, kemirerek hakkından geldiğim tırnaklarımı incelemekten daha iyisini düşünemedim. Bir an pes edip "Aslında hiç iyi değiliz" demek geldi içimden. Yani gerçeği söylemek. Aslında hiç iyi değilim. Bana sonsuz bir merhametle sunacaklarından emin olduğum kız arkadaş yoğun bakım ünitesine teslim ediverseydim bir kendimi. Sarılıp sarmalansaydım. İyi olurdum belki.

Ama çıt çıkmadı. Kanserim resmen tedaviyi reddediyordu. İçimden aniden gelip pencereleri, kapıları çarpan yaz rüzgârı gibi bir öfke geçti. Tırtıla gizliden küçük bir tekme savurdum, çirkin plastik ağzı ön koltuğun altında kayboldu. İyice sıkıldı canım. Camı açtım. Denizin yosunlu ilkbahar kokusu kâr etmedi. Trafik desen, gıdım ilerlemiyor. Ön koltuktakilerin soruları duvara toslamış, benim cevaplarım dünden razı susmaya. Birimizin dahi ağzını açıp tek kelime edesi yok. Öyle bir laf etmişim ki, dünyanın bütün çıkmaz sokakları gelse eline su dökemez. Radyoda gülme efektleriyle bezeli şu saçma programlardan biri vardı. Her kötü espriden sonra bir tuşa basılarak aktive edilen sahte kahkahalar arabanın içinde çınlıyor, biz üç kadınsa konuşmadan küp gibi oturduk öylece. Benim, pişman bir "İyiyiz" dönenip duruyordu kafamın içinde.

Sirk

Sirkleri oldum olası sevmedim. Parlak ışıkların altında kocaman gülümseyen palyaçoları, yüzlerindeki beyaz boyayla tezat sarı dişlerini, küçük kımızı yelekler giydirilmiş üzgün gözlü maymunları, elindeki kırbacı şaklatıp duran aslan terbiyecisini, iki ayağının üzerinde durmayı öğrenmiş yaşlı filleri, ayaklarını kafalarına değdiren akrobatları, göz kapaklarını masmavi simle boyamış trapezci kadınları ve onların takma kirpiklerini, tek tekerlekli bisikletleri, havada dönen renk renk topları...

Çocukluğumun geçtiği kasabaya arada sirk gelir, müzikli bir araba daracık sokakları gündüzden dolanır, akşamki eğlenceyi haber verirdi. Arabanın melodisi daha aşağı mahalleden duyulur duyulmaz, çocuklar sesin geldiği yöne koşar, anneler ocakta yemeği bırakır, cama çıkar, esnaf dükkânda müşteriyi unutur, kapının önüne fırlardı. Fareli köyün kavalcısı... Bir ben sevmezdim o kendini beğenmiş arabayı. Keyfim kaçardı görünce. Merak da etmezdim o dev çadırın içinde olan biteni hiç, istemezdim gidip göreyim. Televizyonda izlemişim kaç kere, biliyorum, şu kadar özenmezdim o şaşaalı gösterilere. Hayvanların başına gelenlerden bihaberim o vakit, yoksa bildiğimden değil. İzahı zor bir şey yüzünden üzülürdüm ben sirklere. İnanmazdım neşesine. Kalbi kırık, kederli bir şeydi benim oraya baktığımda gördüğüm. Yoksa olan biteni bildiğimden değil.

Bir gün yine sirk gelmiş kasabaya. Evlerin bittiği yerde bir arsa var, tam oraya kurmuşlar dev çadırı. Kurban bayramında hayvanların kesildiği, diğer zamanlarda insanların artık evlerinde istemedikleri buzdolabı, çamaşır makinesi ne varsa kaderlerine terk ettikleri, annemin asla yanlarına yaklaşmamıza izin vermediği çingene çocuklarının çöpleri karıştırdığı kocaman bir çayır.

Evde kardeşim kendini yerlere atıyor, "Gidecem işte" diye tutturmuş. Annemin beni bırakacak kimsesi yok. Biçare giyindik, çıktık. Bizimkinin neşesine diyecek yok. Bense bugüne dek uzaktan bakmakla yetindiğim çadırın içine ilk kez gireceğim, huzursuzum.

Yerimize oturduk. Önden üçüncü sıra. İçerisi mahşer yeri. Anneler, babalar, çocuklar. Herkes heyecandan ne yapacağını şaşırmış. Tarifsiz bir neşe fırtınası. Mahalledeki en ciddi, insanın gözünün içine baktı mı illaki bir kabahatini bulacak babalar bile, bıyık altından gülümserken yakalanıyor bana. Derken borazanlar ötüyor, ışıklar kararıyor, annemin elini sıkıyorum farkında olmadan, kulağıma eğilip "Korkma, her şey yolunda" diyor.

Ortada tek bir yeri aydınlatıyor bir ışık. Karanlığın merkezinde ışığın boyadığı dairede, siyah beyaz pantolonlu, mavi atlas ceketli, kırmızı fularlı, kapkara sakallı bir adam, elindeki değneği bana doğru sallıyor gibi geliyor, "Hoş geldiniz" diye bağırıyor. Alkış kıyamet. Çocuklar çığlık çığlığa. Mahallede ne kadar nemrut anne baba varsa, hepsinin ağzı kulaklarında. Eve gitmek istiyorum. En azından kapının önüne çıkmak. Orada kalmak istemiyorum.

Sahneye fino köpekler fırlıyor bir anda, kafalarına yaldızlı huni şapkalar takmışlar. Bizim mahallenin uyuz ama dost gözlü köpeklerine hiç benzemiyorlar. Karmaşayı fırsat bilip anneme "Çişim geldi" diyorum, "Tamam hemen geri gel, kaybolma sakın" diyor, anında unutuyor beni.

Dışarısı bomboş, içerinin gürültüsü dışarıya taşmış, kahkahalar geliyor, alkışlar peşine ama yine de daha iyiyim dışarıda. Seyretmiyorum işte o aptal gösterilerini, oh olsun. Burada bekleyebilirim annemleri hem, bitmeye yakın giderim yanlarına. Kimse anlamaz. Derken arkada birkaç karavan çarpıyor gözüme. Çadırı yere sabitleyen halatların üstünden atlayıp bir bir, kimseye görünmeden arkaya geçiyorum, karavanların oraya. Dev kutular var, dışları brandayla kaplı. İçlerinde ne var göremiyorum. Hem korkuyorum, hem meraktan öleceğim. Geri dönsem diyorum, annem gebertir duysa. Bir dolanıp geri dönerim, ikna ediyorum kendimi kalmaya. Kutulardan birine yanaşıyorum, kaldırıyorum kenarından azıcık örtüsünü, içerisi karanlık. Yine de bir hareket var, bir şey var içeride, bir aslan belki, korkup geri çekiliyorum. Derken bir inilti duyuyorum, kocaman bir göz bitiyor yüzümün önünde. Ödüm kopuyor. Hortumunu görüyorum sonra, yüreğim ağzımda, yarın mahalledeki çocuklara anlatacağım hikâyeyi tasarlıyorum kafamda. Keyfim yerine geliyor.

Parmağımı uzatıp parmaklığın arasından, delirmiş olmalıyım, pütürlü yüzüne dokunuyorum. İyice yaslıyor kendini parmaklığa. Gözüm karanlığa alışınca kafesin içine bakıyorum, bir de yavrusu var. Leş gibi içerisi. Kırık dökük eşyalarla dolu, çerçöp her yer. Feci kokuyor. Bir insan sesi duyuyorum sonra, az ileride bir fener ışığı parlıyor, kaçıp karavanlardan birinin arkasına saklanıyorum.

Kalbim sanki kafamın içinde atıyor. Hayatımın macerası. Hem korkudan aklımı yitirmek üzereyim, hem mahalledeki havamı düşündükçe koltuklarım kabarıyor. Bakıyorum, arkasına saklandığım karavanın minik penceresinde sarı ışık var, içeride de birileri. Bir kadın, bir erkek. Bilmediğim bir dilde konuşuyorlar. İngilizce belki, bilmem. Parmak uçlarımda yükselip, içeri bakıyorum pencereden. Net göremiyorum ama ikisi de ayaktalar, bir hareketlilik var içerde, ellerini kollarını sallıyorlar birbirlerine. Hiç gülmüyorlar. Sanki kötü bir şey oluyor gibi. Kızgınlar. Babamın daha evden gitmediği, annemle yatak odasına kapanıp bizi odamıza yolladıkları zamanlar geliyor aklıma. Kapının öfkeyle çarpışı. Kardeşimle odamızdan gizlice karanlık koridora çıkıp, buzlu camın ardındaki siluetlerini seyrettiğimiz zamanlar. Bağırıyorlar, itişiyorlar. Havada bir şeyler uçuyor. Devrilen eşya sesleri. Kırılan bir şeyler. Annemin hıçkırıkları. Bir kol kalkıyor, anında siluetlerden birisi eksiliyor buzlu camın turuncu kadrajından. Sessizlik. Bir süre sonra hiçbir şey olmamış gibi çıkıyor annemle babam odadan. Annem bizi görünce azarlayıveriyor ayaküstü, "Yatmadınız mı siz hâlâ!", yine de gülümsüyor, gözleri ıslak.

Karavanın içindeki adam öfkeli. Bağırıyor kadına. Kadın ağlıyor. Adam omuzlarından tutmuş sımsıkı, sarsıyor kadını. Kadın kurtulmaya çalışıyor, adamı itiyor. Adamın eli havada. Kadına vuruyor. Kadın yere düşüyor. Sessizlik.

Karavanın kapısı gıcırdayarak aralanıyor sonra, ben korkudan kaskatı kesilmişim, bir parça ışık düşüyor yere, bir an aklım yerine geliyor, yakalanırsam biterim, arkama bakmadan koşmaya başlıyorum. Dev kafeslerin, bidonların, hortumların, çerinçöpün arasından nefes nefese kaçıyorum oradan. Çadırın halatlarının üstünden atlıyorum panikle tek tek, girişi buluyorum.

İçeride eğlence devam ediyor. Sahnede tek tekerlekli bisikletin tepesinde bir palyaço rengarenk topları havaya atıp tutuyor. Herkesin mutluluktan yüzü ışıl ışıl. Annemle kardeşimi buluyorum. Kalbim deli gibi atıyor. Terlemişim nasıl. Annem heyecanla "Neredeydin? Merak ettim çok" diyor. Kızgın değil ama. "Hiiiç. Tuvalette sıra vardı" diyorum. Kardeşim kendinden geçmiş, küçük elleriyle canhıraş palyaçoyu alkışlıyor.

Ne zaman sonra bitiyor palyaçonun gösterisi. Işıklar sönüyor, yine o borazanlı müzik, bir kadınla bir erkek çıkıyor bu sefer sahneye. Bir merdivenden yukarı tırmanıyorlar. Önde kadın, arkada adam. Oradan çadırın tepesinden sahnenin ortasına sallandırılmış bir salıncağa atlıyorlar el ele. Havada dans etmeye başlıyorlar. Ha düştü, ha düşecekler, kalabalık çığlık çığlığa. Annem ayağa fırlayıp ayakta alkışlıyor ikisini. Gösteri bitince aşağı inip selamlıyorlar bizi el ele. Tanıyorum onları. Adam kadını dudağından öpüyor. Sarılıyorlar. Kadın gülümsüyor. Gözlerini uzaktan pek seçemiyorum. Ama kesin ağlıyor.

Girlfriend in a Coma

Konser çıkışı gördüm onu. Kalabalık, yaz gecesinin rehavetiyle hipnotize edilmiş penguenler gibi sallana sallana mekânı boşaltırken. Aklımda konserden yadigâr bir "Girlfriend in a Coma" dolanırken. Taksiyle mi gitsem, yoksa hava güzel yürüsem de, yolda bir kadeh bir şeyler mi içsem diye düşünürken. Kafamı sola çeviriyorum, duvarın dibinde o. Önce sırtından tanıyorum. Sonra dönüyor, işte yüzü. Bir şeyler arıyor ceplerinde, kesin sigara paketini. Yaşlanmış. Paketten çıkarıp takıyor iki dudağının arasına bir dal, çakmağını bulup da yaktı mı, onu hep hatırladığım haline kavuşmuş olacak. Siyah karmaşık saçları, uzun elleri, iki kara delik gözleri. Hâlâ zayıf. Uzun. Hafif kambur.

Yüzüne bakıyorum uzaktan. Aramızdan insanlar geçip duruyor. Bir kayboluyor, bir beliriyor insan denizinin içinde. Yanında kimse yok. Anlam vermekte zorlandığım bir rahatlık çöküyor üzerime yalnız olduğunu görünce. Ya beni görürse? Yanımda birileri olaydı iyiydi. Üstüme başıma bakıyorum, beni görüp de "değişmiş" diye düşünmesini istemem. Beni olduğumdan daha zayıf gösteren bir elbise giymişim bugün şükür. "Çok değişmişsin" halime kıyasla "Hâlâ çok güzelsin" halime daha yakınım. Onun "Kısa saç sana çok yakışıyor" komutuyla üniversite yıllarında kestirdiğim ve o günden beri bir türlü uzatamadığım kısa ve güneşten rengi açılmış saçlarımla fena görünmüyorum. Özetle, olur da göz göze gelirsek, güvenli taraftayım.

Çakılıp kalıyorum olduğum yerde. Gidip "Merhaba" mı desem? Ne diyeceğim peşine? Ayrılasım da yok hiç oradan. Yıllar önce arkasına bakmadan kaçan, aynı hafta bütün biriktirdiği parayla acilinden bir vize ve uçak bileti alıp ortadan kaybolan, dört yıl ülkeye dönmeyen ben değilmişim gibi, saçma sapan, sinsi bir özlem peyda oluyor içimde. Eski püskü bir "Acaba?" kemiriyor aklımı. İşe bak! Bir konser çıkışında karşılaşmalık canım varmış. Bam! Tek atışta, yerdeyim.

Sigarasını yakıyor en nihayetinde, içine çekişi, kafasını 25 derece kadar göğe çevirip dumanı üfleyişi... Bir insan hiç mi değişmez?

Buraya çok yakın bir evi vardı. Teşvikiye'yi Beşiktaş'a bağlayan yokuşların birinde, bir giriş dairesi. Duvarları film afişleriyle bezeli, buzdolabında çoğunluk büzüşmüş birkaç domates ve kim bilir kaç vakittir rafta bekleşen, yemeye kalksan muhtemelen zehirleneceğin iki-üç yumurtadan başka bir şey olmayan, tipik bir öğrenci evi. Aydınlığa bakan, taş çatlasa altı metrekarelik odasında sabaha kadar Smiths dinler, sevişirdik. Duvarlar üst üste dizili kitaplarla kaplıydı. Dokunsan yıkılacak edebiyat kuleleri. Taşralı annenin memleketten gönderdiği çiçek desenli nevresimler. Kaplan desenli, tuhaf kokan, kahverengi, tozlu bir battaniye. İlaç şirketi logolu iki fincan, birinin sapı kırık. Bir elektrik sobası. Çalışmayan bir daktilo. Yarım bir mum. Bizim küçük krallığımız yani. İki katın arasında asansörde kalmış gibiydik onunla. Çıkmasak da olurdu, biri bizi kurtarmasa da, dışarısı içeriden güzel değildi nasılsa. Ucuz şarabımız eksik olmazdı hiç. Acıkınca tost, zenginsek soslu makarna. Fotoğrafçıydı. O zamanlar amatör tabii. Ne yapsam, kapar makinesini, arka arkaya basardı deklanşöre. Çektiklerinin hiçbiri yok bende. Giderken fotoğraflar dahil, ne var ne yok her şeyi onda bırakmam hayrıma olmuş. Görsem tek bir kare dahi şimdi, hiç iyi gelmez, biliyorum.

Asmalımescit'in dar sokaklarından birinde küçük bir kafede çalışırdım o vakitler. Şimdiki gibi değil, o güzelim sokaklardan sakin bir sahil kasabası tadı aldığımız yıllardı. Beyoğlu'nun keşmekeşinden kaçıp, Asmalımescit'e sığınırdık. Gündüz tam kafa dinlemelik, gece ise birkaç meyhanenin yola taşan neşesi ve Bade'nin tatlı tantanası hariç karanlık ve tekinsiz olurdu sokaklar. Severdim o yer yer tungstenle aydınlatılmış geceleri. Yanıma uğrardı gündüzleri, ders çıkışı. Mola verirdim o gelince. İşin sakin olmasını fırsat bilip kenardaki masalardan birine oturup sigara ve çay içerdik. Taze cevizli kurabiye çıkardı sokağın başındaki fırında, atardı iki tane çantasına geçerken, onları kemirir, konuşurduk. Mesai bitiminde yine gelirdi, bu sefer beni almaya, evine kadar yürürdük birlikte. Bıraksalar sanki sonsuza kadar öyle yürürdük yan yana. Her yere yürürdük, durmadan konuşurduk. Her şeyden. Aklımızın sınırları yoktu birlikteyken. Onunla geçen birkaç yılın en çabuk özeti "Biteviye konuşur, yürür ve sevişirdik" olurdu herhalde. Tonla hayal kurardık. Bitecek gibi gelmezdi hiç. İkimiz de geride çok fazla ilişki bırakmamıştık henüz. Bazıları yürümemiş olabilirdi ama bizimkisi onlardan değildi, baksana ne kadar iyi geliyorduk birbirimize.

Sonra tabii ne olduysa, oralar bulanık, büyümenin sancıları, yalnızlık özlemi, hayallerin örtüşmemesi vesaire derken, yokuş aşağı yuvarlanmaya başladı her şey. Birkaç kıskançlık krizi, birkaç günden bir haftaya uzayan küslükler. Freni patlamış kamyon gibiydi ilişkimiz. Her şeyi önüne kattı. Beni devirdi, onu yıktı geçti. "Ben gidiyorum" dedim bir sabah, her şeyi bıraktım, gittim. Uzağa, yalnız kalmanın dibine vuracak, kendi kendime konuşmaya başlayacak, "Deliriyorum ben galiba" diyecek kadar uzağa. Birkaç kırık mektup dolandı aramızda. Gece yarıları ağlaya zırlaya yazıldı, zarflara kondu, aksi istikametlerden yola çıktı. Vardığı yerde hüznü beşe katladı. Mektup zor iş. Hele içine fotoğraflar iliştirilmişse, çekilecek dert değil. Vapurun kenarında oturmuşuz gönderdiği fotoğrafların birinde, kolunu omzuma atmış, 19 yaş sırıtışımızla, adaya gidiyoruz. Mutluluktan ölmek üzereyiz. Bir başkası onun kıç kadar mutfağında. Kesme tahtası önümde. Domates dilimliyorum. Saç baş darmadağın, üzerimde eprimiş bir pijama.

Ondan beni ağlatmayan mektup almadım bugüne dek hiç. Yine de ne vazgeçebildim mektuplarından ne mutlu olabildim onlarla. Öyle alengirli bir şeydi aramızdaki. Mektuplar seyreldi tabii günden güne. Yaşımız genç, bedenlerimiz taze, aklımız desen, evde yok. Başka adamlar, başka kadınlar derken, azalarak yok oldu kalplerin gürültüsü. Ses birden değil, gıdım gıdım kesildi. Bir sabah uyandığımda in cin top oynuyordu içimde. Çıkıp gitmiş. Avrupalı bir kıza aşık olmuş, duydum sonradan. Onun yanına yerleşmiş. Benim Türkiye'ye döndüğüm yaz. Gariptir, hiç kıskanmadım. Hatta gizli gizli sevindim bile sonunda benden gitmiş olmasına. Doğurmuştum onu sanki, uzun sürmüştü sancım ama en nihayetinde doğurup salmıştım dünyaya. Ben aşık olmadım kimseye sonra, oldum sandım, gecenin bir vakti başka bir adamın yüzünde onun yüzünü görünce anladım ki, olmamışım. Yine de idare ettim. Boş kalbim tangırdarken göğüs kafesimin içinde, duymazdan geldim, sever gibi yaptım birilerini, sevdim de belki, yani biraz. Ama işte bilirsin, üstünde durmadım çok. Zaman da girince araya, unuttum gitti, hepsini, her şeyi.

Ben girişteki basamaklarda, o az ileride, duvarın dibindeydi hâlâ. Kalabalık dağılmıştı artık. Arkasına saklanacağım arkadaş grupları kalmamıştı ortalıkta. Artık gitsem iyi olurdu ya –nereye?– donup kalmıştım işte. Ona baktım bir kez daha. Ne yapmalı? Son bir nefes aldı sigarasından. İzmariti yere atıp ayağının altında ezdi. Önünden geçen kısa şortlu, uzun bacaklı bir kadının kıçına baktı. Kocaman adımlarıyla iki saniyede kaldırımın kenarına vardı sonra, bir taksiye el kaldırıp bindi. Taksi tam hareket ederken, filmlerdeki gibi camdan dışarı baksın, beni görsün istedim. Sonra taksi aniden fren yapsın falan. İnsin, bana doğru koşsun.

O sırada, yaşı dört ya var ya yok bir kız yanaşıp "Abla, bir selpak alsana" deyince irkildim.

Kafamı kaldırdığımda taksi maksi yoktu ortalıkta.

Süslü Annem

Saçlarımdan sular damlıyor sıcak kuma. Cıs. Cıs. Su düşer düşmez buharlaşıyor. "Hadi annem, kalk kurulan, bak bu mevsimde buranın rüzgârı leke yapar. Benek benek olursun valla." Annem üzerinde dev harflerle KUŞADASI yazan, tuzdan katur kutur olmuş havluyu uzatıyor. Gözüm, dün dondurma yemeye çıktığımızda gerdanına yaptırdığı Hint kınası gül dövmesine kayıyor. Kırmızı ojeli, güneşten kızarmış 60 yaşındaki ayaklarına, parmak arası simli terliklerine sonra.

Annem hep süslü bir kadın oldu. Bakkala giderken bile ruj süren bir kadın. Kapı ne zaman çalsa, açmazdan evvel sarı saçlarını kabartırdı holdeki aynada. Gelenin kim olduğu mühim değil. Buzdolabının kapağında yumurtaların hemen altındaki rafta, kırmızının türlü tonunda oje şişesi dururdu. Oturma odasında, ortadaki sehpanın üzerindeki çanağın içinde illa bir cımbız. Çenesinde eline gelen tüyü anında ortadan kaldırması gerekirdi. Gece kazara su içmeye kalktıysak aynı anda, annem kafasında bigudiler, uykulu bir termik santral, suyunu içer, nadiren maskarasız gördüğüm gözleriyle bana şöyle bir bakar, gülümser, zarif bedeniyle sallana sallana koridorda kaybolurdu, üzerinde takım pijama, tek paçası sıyrılmış yukarı, incecik bilekleri. Yazsa mevsim, derin dekolteli, ince askılı gecelik. Yıllardır yalnız uyuduğu uykulara inat.

Veli toplantısında çoğunluk kahverengi, bilemedin siyah paltolu orta sınıf anne-baba kalabalığının içinde, altın rengi sallantılı küpeleri, yakası kürklü vişne çürüğü kabanıyla oturan kadındı benim annem. İyi bir öğrencinin annesi olduğundan emin, muhakkak en ön sıraya oturur, öğretmenler beni övdükçe koltukları kabarır, gözlerinin içinde "İşte benim kızım!" yıldızları parlardı. Altın rengi saçlarını sarmış yine geceden, hareket ettikçe zıplıyor dalgaları, okulun boş koridorlarında bir tek onun topukları tıkırdardı. Kuaför nedir bilmezdi yine de. Kendi güzelliğinden kendisi sorumluydu. Terziydi annem, kazandığı üç kuruşla kendine bu kadar bakabiliyor olmasına şaşırırdı herkes. Saçlarını kendi boyar, keser, en şahane modelleri bulur dergilerden, aynısını yapardı. Yüzüne mutfaktaki türlü malzemeden yaptığı bulamaçlar sürer, limonu salatanın üzerine sıktıktan sonra çöpe atmadan dirseklerine sürüverir, salatalık kabuklarını alnına falan yapıştırırdı. "Kırışıklıklara iyi geliyor" derdi, her şey bir şeye iyi gelirdi onun güzellik salonu dünyasında. Eski kazaklarının üstüne her sezon başka desende pullar işler, uzun etekleri kısaltır, kısaların uçlarına püsküller, şeritler ekler, eski ceketleri bozar, o yılın modasına uydururdu. Güzel kadındı annem, hiçbir şey yapmasa, hasta düşse bile güzeldi. İki gün burnunu çeke çeke salondaki koltukta griple savaşırken bile. Genç yaşta, ben hatırlamıyorum babamı, kocasını toprağa vermiş bir kadın için fazla güzeldi.

Çocukken kolaydı hayat. Fırfırlı elbiselerim, renk renk kurdeleyle tutturulmuş saçlarım, rugan pabuçlarımla onun kızıydım. Ergenliğimse epey sancılı geçti. Siyah tişörtlerin, bol kotların, lastik ayakkabıların içinde, her geçen gün şişmanlayan bir ergen olmam, annemin evde bir kız çocuğu yetiştirmek üzere kurduğu bütün dengeleri alt üst etti. Yine de hiç kırıcı olmadı, anlamaya çalıştı ama bir yandan da kendince yol göstermeye devam etti. Arkadaşlarımın doğum günlerinden önceki gece sabahlayıp bana diktiği, "Hadi bir git giy, kırma beni" diye zorla denettiği, fermuarı zar zor kapanan, içinde nefes alamadığım, "Çek karnını içeri", "Dik dur" komutlarıyla bir şeye benzesin diye uğraştığı elbiseler, dantelli çoraplar, gizlice odama bırakılan göz kalemleri, yüz tonikleri, allıklar. Baktı hiç oralı değilim, ortada bir yerde buluşmayı denedi bu sefer. Sağına soluna özenle delikler açtığım kotlarıma rengarenk yamalar dikti ben okuldayken, kirden feleği şaşmış converse'lerimi yıkadı makinede, pırıl pırıl yaptı. Asker postallarımı boyadı. Paçavraya dönmüş asker yeşili sırt çantamı onardı çiçekli kumaşlarla. Bir gece "Poison Ivy"yi seyredip kestiğim yamuk yumuk saçlarım ertesi gün acilen yetiştirildiğim kuaförde iyice kısalınca, annem pes etti. "Tamam," dedi, "seni kendi haline bırakıyorum." Yine de kuaförden eve dönerken dönüp dönüp bakmadan edemedi. "Haftaya toparlar kendini, yeni kesilen saç hızlı uzar" derken su serptiği iç benimkinden çok kendisininkiydi.

Erkekleri keşfetmem geç oldu. Başka işlerim vardı benim. Onlara sıra gelmedi. Bir sürü erkek arkadaşım oldu, romantik hiçbir bağ kurmadığım, sadece kitap, kaset falan değiş tokuş ettiğim birtakım gözlüklü çocuklar. Ne zaman bize gelseler, annemle tanıştıklarında gözlerinin içinde dolanan o şeyi hiç ıskalamadım. İnsanların bir bana, bir anneme bakıp gizlice, nasıl şaşırdıklarını görmek bir süre sonra sıradanlaştı. Herkes duruma alıştı. Annem bile. Benim 75 kilo bedenim ve ense tıraşlı kafam, hayatımızın içindeki bilindik şeylerden biri haline geldi. Çamaşır ipindeki dantel donların yanında, onların neredeyse iki katı, pamuklu babaanne donları, ayakkabılıktaki narin topukluların yanındaki eskimiş postallar bir süre sonra annemin de benim de ilgi alanımızın dışına çıktı. Kavgalar azalarak son buldu. Üniversiteyi şehir dışında kazanınca, annem ayakkabılıktaki leş botlarımı bile çok özleyince, her şey unutuldu gitti.

Annem yaşlandı, ben büyüdüm. O hiç değişmedi. Ben, eh biraz. Ne saçında bir beyaz tel gördük bir gün, ne elbise dikmekten yorgun ellerinde bir nasır. Kırışıklarına iyi gelmedi salatalık kabukları kabul ama gülümsemesi hiç eskimedi annemin, erkeksiz geçen ömründe kadınlığı şu kadar törpülenmedi. O hep güzel, hep ışıl ışıl kaldı.

Geçen ay aradı, telefonun ucunda aynı şenlikli ses. Dünya yıkılsa o yine saçlarını düzelterek, çiçekli elbisesinin üzerindeki tozları silkeleyerek çıkardı enkazın altından. Hayatla öylesine dolu bir kadındı annem.

"Kuzum birlikte tatile gidelim mi bu yaz? Bir gelinlik işi aldım, bitince elime güzel para geçecek. Ne dersin?"

Hiç beklemediğim bir teklifti, şaşırdım. Annemle, onun evindeki balkonda iki tek atmak dışında baş başa bir şey yapmıyorduk yıllardır. En son ne zaman birlikte tatile çıktığımızı hatırlamaya çalıştım. Galiba annemin kuzeninin Erdek'teki yazlığına gitmiştik. Üniversite sınavına girdiğim yaz. Benim iskeleden balıklama atlayacağım diye dizimi dipteki kayaya çarparak paraladığım, soluğu acilde aldığımız, bütün tatili dizim sargılı şekilde gölgede pişerek, uzaktan suya atlayıp çıkan, gülüşüp duran kızları, oğlanları seyrederek, anneminse bana soğuk karpuz, dondurma, naneli limonata taşıyarak geçirdiği tatil.

"Tamam, gidelim. Nereye?"

"Eski Foça'ya."

"Anlaştık. Patronla konuşup haber vereceğim sana."

* * *

Uzattığı havluyu aldım annemin. Kurulandım.

"Ha şöyle. Azıcık uzansana kızım güneşe. Yüzüne gözüne renk gelsin. Gel, krem süreyim sırtına."

"Yok anne, iyiyim ben böyle."

Siyah yüzücü mayomun içinde, beyaz bir balina yavrusu gibi kıvrıldım şemsiyenin altına. Annem kafasını kaldırıp güneşin yerini tespit ederek şezlongunu doğru açıya göre ayarladı, kenarları eflatun çiçekli, hasır çantasından sudokusunu çıkardı, mor renk kemik çerçeveli okuma gözlüklerini buldu, en son pembe mayosuyla takım şapkasını takıp sırt üstü uzandı. Bana baktı, gülümsedi, "Güzel kızım benim" dedi. Az ötede, erkek reyonundan aldığım 40 numara lacivert speedo terliklerimin biri ilişti gözüme, yarısı kuma gömülmüş, ucu görünüyordu.

Ada

Sırtımı banyonun kapısına dayamışım, acıdan kaskatı, ağlıyorum.

Oysa o sabah olması gerektiği gibi başlamıştı her şey. Ne zamandır ertelenen tatile sonunda çıkabilmenin heyecanıyla, en sevdiğim yol albümü "Aşk Yeniden"i CD çalara yerleştirmemle eş zamanlı dönmüştü tekerlekler. Erkenden çıkmıştık yola. Güneş doğmadan hemen önce, gümüş bir griye boyanmış bomboş kenti hızla arkamızda bırakmıştık. Karı koca epey paralandığımız bir dönemdi geride kalan. Sekiz yıllık evliliğimiz yere çakılmış, kazanın harareti şimdi biraz olsun azalmış, bazı şeyleri görmezden gelmeyi mümkün kılan metruk bir sis inmişti hayatımızın üzerine.

Tatil fikri benden çıkmıştı. "Yarayı ben açtım, ben iyileştireceğim" demiştim kendi kendime. Kararlıydım. Balayını geçirdiğimiz Bozcaada'ya gidelim demiştim, onun haftalar sonra eve geri döndüğü gece. "Olur" demişti. Adaya güveniyordum. Hatırlardı bizi, emindim, hatırlatırdı o yeniyetme halimizi. Sekiz yıl önce iki aşık, adanın handiyse her yerinde öpüşüp sevişmiş, iki bitik beden dönmüştük eve. O olaydan sonra yine ada olmalıydı sanki sığınmak lazım gelen. Aklar paklardı Ege'nin tuzu bizi bir güzel. Buydu planım. Güneş yaramıza merhem olurdu bakarsın, unutturdu olan biteni. Adanın şarapları son zamanlarda artan boşlukları doldururdu konuşmalarımızdaki. İçer içer anlatırdık, dökerdik eteğimizdeki taşları. Pirüpak olurduk. Affederdik. Sekiz yıl önceki ada bu, inanmak istiyordum, başka yolu yok, temize çekecekti her şeyi.

Güneş batmadan yerleştik pansiyona. Yolda pek konuşmadık. Ben çoğunluk uyukladım. O da gündelik şeyler dışında neredeyse hiç açmadı ağzını. "Şuradan kavun alsak mı? Buranın kavunu güzel olur." "Ada rüzgârlı olacak gibi. Buralar böyleyse." "Acıktın mı? Duralım mı?" O malum konunun muhitine uğramamak için o da, ben de elimizden geleni yaptık.

Bir ara gözümü açtığımda yel değirmenlerini gördüm tepelerde. Sevindim. Aynı odayı tutmuştum, söylememiştim ona. Sürpriz yapacaktım, aynı denize bakan, aynı balkon. Penceresinde sardunyalar, tüller uçuş uçuş.

Gemiden iner inmez tanıdık kokular çalındı burnuma derhal, biraz iyot biraz kekik. Ada değişmişti değişmesine. Biz de aynı kalmamıştık ya. Güzel olacaktı ama her şey. Yine de derinde bir yerlerde bir şey yoklamadı değil içimi. Karaya ayak basar basmaz bir "Acaba?" dolandı aklımda. O el değmemiş, sıfır kilometre halimiz geri gelir miydi gerçekten? Fabrika ayarları var mıydı evliliklerin? Dönülür müydü o ayarlara? Ya boş bir çabaysa benimkisi? Oluru var mıydı bu işin allasen? Kendimi kandırıyordum besbelli. Kocam onu başka bir adamla aldatan karısını affedecek miydi? Ya ben kendimi? Pansiyonun merdivenlerini tırmanırken hepsini unuttum.

Odaya girer girmez atıverdim kendimi yatağa. O da yorgun görünüyordu, yanıma uzandı. Elini karnıma koydu.

Bunu ilk kez yapıyormuş gibi, tereddütlü. Epeydir yapmadığımız bir şeydi birbirimize dokunmak. Nedenini sorsa biri "Hayat" derdim en çok. Böyle oluyordu bir süre sonra. Neden sonra sinsi bir his peyda oldu içime ürkek eli karnımda dolanırken. O ana değil, hayatımızın içine eden o geceye ait bir histi bu. Aklım bana danışmadan pis bir kıyasa girişti. Ne hissetmiştim o gece? Şimdi o dokununca hissettiklerimle aynı mıydı? Daha mı başkaydı? Daha mı heyecanlı? Tutkun?

"Ne düşünüyorsun?" dedi.

Silkinip kendime geldim. Ne yapıyordum ben? Eğilip öptüm.

"Hiç, sevgilim," dedim, "ne güzel yaptık gelmekle. Biliyorum iyi gelecek burası bize."

Cevap vermedi, sırtını döndü. Huzursuzdu, anlamak zor değildi bunu. Haklıydı da. Ama biraz uğraşsaydı ya artık olanları geride bırakmak için.

"Unutmaya geldik buraya, ne olur yapma canım. Defalarca konuştuk. Saçmaladım, kabul ediyorum. Hem de çok saçmaladım!" dedim.

Yüzüme baktı. Ne zamandır orada duran bir boşluk vardı gözlerinde. "Kim bu kadın?" der gibiydi. Peki kimdi bu adam? O an, birkaç saniye kadar kısacık bir an, "Vazgeçsek" diye geçirdim içimden. Olacak gibi değildi. Binsek arabaya dönsek, hemen şimdi. Pazartesi gitsek bir avukata. Taşınsam ben birkaç güne. Gidip Aslı'da kalsam mesela. İdare ederim bir süre, sonra bakarız çaresine.

"Hayal dünyasında yaşıyorsun" deyip kestirip attı.

Sesini duyunca irkildim. Toparlandım, tamam, kalıp savaşacaktım. Geri kazanacaktım bu evliliği.

Cevap verdim, "O gecenin benim için bir önemi olmadığını, hiçbir saniyesini hatırlamadığımı defalarca söyledim sana. N'olur inan bana artık! Özür diledim senden kaç kere."

"Neden yaptın peki? Madem önemsizdi bu kadar, neden yaptın?"

Defalarca geçmiştik aynı konunun üzerinden. Yine hortlaması tadımı kaçırdı. Sustum. Ne denirdi ki?

"Nasıl oldu, neden oldu, ben de bilmiyorum. Sadece ciddiye alınacak bir şey olmadığını biliyorum. Sevgilim... Ne olur..." dedim, sarıldım.

Kurtuldu kollarımdan, köpürdü birden:

"Benden çok zor bir şey istiyorsun! Sırf buraya geldik diye çat diye değişecek mi her şey? Bunu mu bekliyorsun? Bu kadar saf olabilir misin gerçekten? Senin bu kadar rahat olman, hiçbir şey olmamış gibi davranman, kusura bakma ama garip geliyor bana. Bu kadar hızlı unutmamı beklemen haksızlık. Yine de için rahat olsun, elimden geleni yapıyorum. Nasıl başardım bilmiyorum ama eve geri dönmem, bir daha denemeyi kabul etmem, yetmezmiş gibi buraya gelmem iyi haber ikimiz için. Bunu aklına sok."

Sırtlarımız birbirimize dönük uyuyakalmışız. Uyandığımızda akşam iniyordu. Bir şarap açtık balkonda. Yaptığımız her şey tamirat amaçlıydı. Bu bir tedavi tatiliydi, baştan öyle anlaşmıştık. Ya iyileştirip evine götürecektik hastayı, ya buraya gömecektik. Bir cesedi mi dürtüklüyorduk yoksa? Onu da bilmiyordum. İstanbul'dan buraya çürümeye yüz tutmuş bir şeyi mi taşıyıp getirmiştik? Aklım karışıktı. Artık gömse miydik onu?

Karşı çatıda uyuşuk bir kedi, kaldırıp kafasını, balkonun yeni misafirlerini şöyle bir kesip geri döndü uykusuna. Zamanın dışında bir andı. Saatlere sığmayan, takvimlerle ölçülemeyen. Arada bir yerdeydik. Ne geçmiş, ne gelecek görünüyordu oturduğumuz yerden. Uzakta deniz patlıyordu dalgakıranda. Bembeyaz köpük. Adada yazın son demleriydi. Akşamları sırtına bir hırka almak gereken zamanlar. Üzümler olgunlaşmış, şarap olmak için bekleşiyorlar asma dalında. Uzaktan bir şarkıyı yakına taşıyordu rüzgâr, Ortaçgil söylüyordu. Amma dinlerdik bir ara.

Masanın üzerindeki elini tuttum. Sıktım. Kuş ölüsü gibi elini kıpırdatmadan durdu öylece. Kırgındı, görüyordum ama kararsızdı da. Arkasını dönüp gidemiyordu. Seviyordu beni.

"Beni affet" dedim. "Sadece affet."

Derin bir nefes aldı, "Yorgunum çok. Konuşmasak."

"Ne olur söylesen beni affettiğini. Duysam bir kerecik."

"Zor, anlamıyor musun! Deniyorum. Üstüme gelme. Her şeyi çok basit sanıyorsun. Bitti, gitti sanıyorsun. Kendini benim yerime koy ve bunun ne kadar korkunç bir şey olduğunu bir anla allahını seversen! Tamam, unutmaya hazır olduğumu söyledim sana. Buraya gelmeyi ve her şeyi baştan düşünmeyi kabul ettim. Ama sen mucize bekliyorsun benden!" Sesi iyice yükselmişti.

Çatıdaki kedi huzursuzlandı, ayaklandı aniden, atlayıp yola, gözden kayboldu. Hiçbir şey demedim. Gözlerim uzakta yanıp sönen ışıklara daldı. O geceyi düşündüm. Neden yapmıştım böyle bir şey? Şarabın etkisiyle dalıp gittim. Fotoğraf kareleri geldi bir bir gözümün önüne. Peşinden kokular. Başka bir bedenin hissi. Başka bir adamın sırtı. Başka bir adamın boynu. Hem istemediğim, hem çok istediğim bir yere doğru çekildi içim. Kendime göre sebeplerim vardı elbet. Pişmandım çok. Pişman mıydım gerçekten? Yine olsa, gider miydim o eve, o uğursuz gece, "Dur" diyebilir miydim daha kapının ağzında beni öpmeye başladığında? Yıllar önce kursağımda kalmış bir adam, bir gün belirince karşımda, kendimi tutabilir miydim? Çok zordu bunun cevabını vermek. Önemsiz değildi çünkü yaşadığım şey. Resmen yalan söylüyordum "Önemsizdi" derken. Kocama da, kendime de yalan söylüyordum. Önemsiz değildi, güzeldi üstelik. Çok güzeldi hem de. Uzun zamandır unuttuğum bir şeydi bana o gece olan. Adı ne bilmiyorum o şeyin. Aşk meşk, öyle bir şey değil. Başka bir şey. Canlı olduğunu hissetmek gibi. Uçabileceğine inanmak gibi. Allak bullaktı aklım. Şarap da yardımcı olmuyordu hiç. İyice gevşemiştim. Hem bedenim, hem aklım. Görüntüler karışıyordu birbirine. Onunla gelseydik mesela adaya, atlasaydık arabaya, otursaydık bu balkonda. Nasıl olurdu? Artık iyice zıvanadan çıkmıştım. Kocama kızıyordum. En az onun bana kızdığı kadar. Ona yaşadığım şeyi itiraf etmem şart mıydı? Değildi elbet. Ama içimde bir şey "Söyle ona" diye bağırmıştı günlerce. Dürüstlükten falan değil, hayatımdaki varlığını sorgulasın diye en çok. Bunu yeni fark ediyordum. Ne zamandır bir hayaletten farksız olduğunu, bu işte payı olduğunu düşünsün istiyordum. Şimdi, bu balkonda, tutsun kolumdan çeksin istiyordum beni bu akıl tutulmasının içinden. O ise durup bakıyordu, hayatı boyunca yaptığı gibi sadece bakıyordu. Her şey iyi olsundu ama bunun için canı bir şey yapmak istemiyordu. Saniyeler mi geçti, saatler mi yoksa, bilmiyorum, öyle oturduk balkonda.

Sonra ne zaman ayaklandı, kadehindeki son yudumu dikip kafasına içeri geçti. Peşinden kalkıp sarıldım arkasından.

"Özledim seni" dedim.

Özlemiştim. Ama nasıl bir özlemekti bu? Ne zamandır elini sürmüyordu bana. Bakmıyordu bile. İşten gelir gelmez odasına kapanıyor, kaç zamandır bitirmeye çalıştığı kitabın başına oturuyor, gece yorgun bir gölge gibi yatağın başında beliriyor, saniyesinde uykuya dalıyordu. Sarılıyordum arkasından yanaşıp. Nafile. Paslı bir kilitte boşuna döndürüyordum anahtarı. Kapı açılmıyordu. Onun kilidinin anahtarı ben değildim. Belki artık kimse değildi. Horlaya horlaya uyuyordu kapı yanımda. Sabah sessiz sedasız çıkıyordu evden. Boş eve uyanıyordum her gün. Girişte çıkardığı lacivert terliklerine bakıyordum. Lavabonun kenarında bıraktığı köpüklü tıraş bıçağına. Banyodaki ıslak ayak izlerine. Nemli havlusuna. Mutfak masasındaki ekmek kırıklarına.

Lavabonun içindeki fincanına. Aylardır böyleydi bu, belki yıllardır. Zaman algımı yitirmiştim epeydir. Bu muydu evliliklerin kaderi? Gündeliğin parçası olmak, tükenmek... Kadın dergileri haklı mıydı? Ne yani? Biz bile mi pes edecektik? Biz bile mi?

Elbisemi sıyırdım üzerimden. Beni görüp kafasını çevirdi, "Çok içtim," dedi, "yol yordu beni. Uyumam lazım."

Bozuldum. Belli etmedim. Yine de çıplak uzandım yatağa, başım dönüyordu. Bekledim. Ne zamandır her gece beklediğim gibi bekledim. İçimde bir alev topu, dışımda yaprak kımıldamıyor. Sırtımı döndüm.

Onun soğuk elini hissettim epey sonra sırtımda. Uyumuşum, sıçradım. "Korkma," dedi, "benim", sarıldı. Eski bir yer kıpırdadı içimde. Bir mucize? Sonra bir şey oldu, birden bir görüntü çat diye geldi abandı zihnime. O geceye ait bir resim, resimde kocamın değil, başkasının, onun elleri... Silmeye çalıştım, kovaladım, beceremedim. Başka şeyler düşünmeye çabaladım, yapamadım. Yaşlanmaya yüz tutmuş bedenlerimizle o pansiyon odasında uzanmış yan yana yatarken, unuttuğu varlığımı el yordamıyla hatırlamaya çabalıyordu sekiz yıllık kocam. Bana dokundukça, aklımın içindeki görüntüler daha da netleşiyordu. Açamadım gözlerimi. Açsam belki dönecektim gittiğim yerden, kurtulacaktım o gecenin anısından. Açmak istedim de çok. Ama hatırladıklarım uçar gider, geri gelmez diye, yapamadım. Kıyamadım. Üzerimde keşfe çıkmış kocamın gözlerini görmek istemedim. Bıraktım kendimi. Karanlıkta yolunu arıyordu beceriksizce. Bulamıyordu. Unutmuştu yollarımı.

Sonra bir ses fırladı ağzımdan, durduk yere, plansız, sinsi sinsi beklemiş bu saate kadar, bütün yolu çıt çıkarmadan gelmiş buraya kadar, bu anı beklemiş kendini duyurmak için, bir solukta döküldü:

"Dur. Aşık değilim artık sana."

Gelip bir tekme savurdu her şeye. Her şeyi yıkıp geçti. Taş üstünde taş bırakmadı. Apar topar kalktım yataktan. Kendimi banyoya kilitledim. Bozcaada'da bir pansiyon odasında iki yabancı. Pencerede sardunyalar. Tüller uçuş uçuş. Aramızda incecik bir kapı. İçeriden hıçkırıkları geliyordu.

Halam

"Ben çayın altını yakayım, sen otur, geliyorum hemen."

Koltuktan kalkıp yer yer kelleşmiş halının üzerindeki teki ters dönmüş terliğini ayağıyla düzeltirken böyle dedi. Bazen tek başına bir cümle, dünyanın bütün yükünü alıyor insanın omuzundan. Üzerinde mandalina lekeli pijama altı ve tarazlanmış hırkasıyla, insana kendini dünya üzerinde olmak istediği tek yerde, evinde hissettirmek için hiç çaba harcamasına gerek yoktu. Emek'in ağaçlı dar sokaklarından birini son sürat beyaza boyayan karı seyretmek için sonuna kadar açmıştı perdeleri. Tipi bastırmıştı.

Ev dağınık sayılırdı. Yine de insanda dağınıkmış hissi uyandırmıyordu hiç. Pasaklı bir annenin merhameti vardı etrafta. Doğru yerdeydim, o terliğini sürüye sürüye mutfağa gitmek üzere koridorda kaybolurken aklımda bundan başka bir düşünce yoktu. İyi ki vardı.

Beni o büyüttü. Babamın kız kardeşi olması rolünün çok ötesindeydi hayatımdaki yeri. Annem ve babam, iki üniversiteli, biri hamile, kapısını çalmışlardı 1979'un sonuna dayanmış, soğuk bir Ankara gününde. Dönem karışık. "Abla, biz seviyoruz birbirimizi," demiş babam, "istiyoruz bu çocuğu. Bize yardım et." Ben annemin karnında henüz bir fasulye, üçümüz benim bugün oturduğum eski kanepeye çökmüşüz, o muhtemelen yüzündeki aynı düşünceli ama insanın içine su serpen bir "Hallederiz" ifadesiyle "Ben çayın altını yakayım, siz oturun, geliyorum hemen" demişti. Sanki mutfakta bütün soruların cevaplarını fısıldıyordu biri kulağına. Ocağın üzerinde parlayan mavi alev bir aydınlanma anını temsil ediyordu. Aramızdan üç-beş dakikalığına ayrılıyor, çayın altını yakıyor ve yüzünde o hiç eksilmeyen ışıkla aramıza cevaplarıyla dönüyordu halam. Buydu sırrı.

O gün de annemle babamın birbirine sokulup tedirginlikle bekleştikleri oturma odasına geri dönmüş, çayları doldurmuş, "Ben bakarım çocuğa, telaş etmeyin, okulu bırakayım falan demeyin sakın" demiş sakince. O kadar.

Dünyaya geliş hikâyemi defalarca dinledim annemden. Halamın kapısını çaldıkları o soğuk kış gününü, sonrasında olanları, babamın benim doğumuma bir hafta kala içeri alınışını, annemin memesinde ben, aklında babam, bir yandan sınavlara çalışıp nasıl okulu bitirip de avukat çıktığını. Ben dört yaşındayken salmışlardı babamı. O dört yıl kara bir bulut annemin havsalasında. Kocasının kız kardeşinin evinde, olanlardan sonra onunla görüşmeyi reddeden annesinden babasından uzakta yaşadıkları hâlâ taptaze dolanır aklında. Hâlâ ne zaman konusu açılsa, gözlerini uzaklara daldırır, yüzündeki çizgileri daha da derinleştirir annemin o dört uzun yıl.

Sonra nasıl olmuş, onca özlem, birlikte yaşanamamış, mektuplarla, fotoğraflarla değiş tokuş edilmiş onca anı nasıl hazırlamış ikisinin sonunu bilinmez, hayat diyorlar bunun adına, bir yıl içinde boşanmıştı annemle babam. Babamla kopmuştuk zamanla, ikinci kez evlenmiş, kurmuştu sıfırdan kendi hayatını. Ama biz, annemle ben, halama veda edememiştik hiç. Halam her şeyimiz olmuştu bizim. Ben büyüyüp iki yalnız kadının yıllarca bana kalkan olduğu hayatın er meydanına bir başıma düşünce de sık sık çaldığım kapı olmaya devam etmişti. Hayat ne zaman sallasa yumruğunu, burada almıştım soluğu. Halam öpsündü, sarılıp koklasındı, çaylar demlesindi bana. "Aman canım dert ettiğin şeye bak" desindi, iyileştirsindi beni. Gücümün tükendiği her anda, sorularım, buhranlarım beni her ele geçirdiğinde kapısını çaldığımdı. Mucizesiydi sanki hayatın.

Ben 40'a dayamıştım merdiveni. Halam da yaşlanmıştı, görüyordum. O dağ gibi kadının yürüyüşü yavaşlamış, sırtı yuvarlanmış, bedeni küçülmüş, saçları ağarmış, ellerinde kahverengi lekeler bitmişti. Evin düzeni de yaşını ele vermeye başlamıştı. Yaşlı bir kadının eviydi artık burası. Odalarda zaman içinde biriken öteberiden, eşyanın kokusundan, eski fotoğraflardan, koltuğun yer yer parlamış kumaşından anlaşılıyordu uzun bir ömür tüketildiği bu evde.

Doğma büyüme Ankaralıydı halam. Hiç gitmeyi geçirmemişti aklından. Annem bir İzmirli olarak emekli olur olmaz, üç-beş kenara koyup Selçuk'ta yaptırdığı evde almıştı soluğu. Halamla ikimiz kalmıştık geriye. Ankara'nın grisi iyi geliyordu bize. Kimselere anlatamıyorduk bu şehirle aramızda olan biteni. Ben okuldan sonra dünyayı dolaşmış, kendimi kendim gibi hissettiğim tek yer olan Ankara'da bir hayat kurmuştum en nihayetinde. Halam doğuştan biliyordu ya bütün soruların cevabını, dünyayı dolaşmasına falan gerek yoktu ait olduğu yeri bulmak için, zaten oradaydı. Bizimdi burası, bizim küçük saadet ülkemizdi Ankara, varsın gri olsundu, iyi geliyordu bize işte. Anlatması zordu.

"Hala," dedim, o çayları doldururken çocukluğumdan beri bütün detayları aklıma kazınmış mor çiçekli fincanlara, "ben hamileyim."

Hiç tepki göstermedi. Devam etti çayları doldurmaya. Peşine kendininkine tek, benimkine iki şeker attı, karıştırdı. Fincanını eline aldı, bir ayağını kırıp altına oturdu, arkasına yasladı, "Ne yapmak istiyorsun?" dedi.

İnsan böyle bir zamanda, hayatının sonbaharındaki bir akrabasının ağzından bunu duymayı beklemiyor. Kızsın istiyor mesela, "O adamdan sana hayır gelmez demedim mi ben sana! Kaç kere konuşmadık mı bunları? Hani görüşmüyordunuz? Nasıl yaparsın böyle bir şeyi!" diye bağırsın çağırsın istiyor. Ama halam öyle değildi işte. Durum ne olursa olsun, benden taraftı hep, umurunda değildi hayatın gerçekleri. Kalbimi benden çok kollayan, hatta onu kimseden değil sırf benden koruyan tek insandı. Ben ne kadar saçmalarsam saçmalayayım, hakkımda aklından tek bir habis düşünce geçirmemiş biriydi.

"Bilmiyorum" diyebildim sadece. İçimde bir fasulye saniye saniye büyürken, gerçekten bilmiyordum ne istediğimi. Belki biliyordum da, "Nasıl olacak?" kısmını bilmiyordum hikâyenin.

"Ona söyledin mi?" diye sordu halam. Bir yudum içti çayından.

"Hayır" dedim.

"Söyleyecek misin?"

"Sanmıyorum."

"Ne istiyorsun peki? Ne geçiyor içinden canımın içi? Söyle, bir yolunu yordamını bulalım."

Burada, halamın evinde, göğüs kafesimin içinde dolanan vahşi hayvanlar sanki uykuya dalıyordu. Halam tek bir el hareketiyle hepsini evcilleştiriyor ve ben biraz olsun nefes alıyordum. Kar, dışarıdaki hayatımın temsilini yapar gibi iyice bastırmış, sokakta göz gözü görmüyordu. İçerisi, camın bu tarafı yani, her anlamda sığınılacak liman olmuştu bana fırtınada. Halamın tütün, naftalin, acıbadem kremi, Arap sabunu ve artık yaşlı kadın kokan evinde, anne karnındaki kadar güvende hissediyordum kendimi. Dünya batsa, ben buradaydım ya, bişicik olmazdı sanki.

"İstemiyorum ben galiba bu çocuğu, hala" dedim.

"İyi düşündün mü?"

"Kaç gündür uyku tutmuyor. Düşünmekten bittim, tükendim. İstemediğime karar vermiş de sayılmam ama delilik olmaz mı diğer türlüsü? Ailesinin benim yüzümü dahi görmek istemediği bir adamla beş yıldır inatla ilişki yaşamam yetmezmiş gibi, bir de ondan çocuk mu yapayım!"

"Evet, işlemişsiniz bir kabahat, öyle kolay da değil çaresi. Ama şimdi sana kızsam ne fayda. Sen zaten okumuşsun kendi kendinin canına benim güzel kızım. Şu gözlerinin altına bak. Yine gölgeler basmış yüzünü. Sonra pişman olacağın bir şey yapmanı istemem. O yüzden iyi düşün derim. Ne istiyorsun, buna iyi karar ver. Ben, her ne olursa olsun kararın, biliyorsun, yanındayım. Gücüm yettikçe buradayım canımın diğer yarısı."

"O kadar kızıyorum ki kendime. Böyle saçma sapan bir şeyi onca zamandır bitiremediğime, böyle biçare sürüklenip gittiğime. Ben bu kadar zayıf biri miyim hala? Neden çıkaramıyorum bu adamı hayatımdan? Hadi çıkaramıyorum, hadi çok seviyorum, hadi vazgeçemiyorum ondan, ailesine bin türlü yalan atıp benimle olmaya devam etmesini nasıl kabul ediyorum hâlâ? Bi' de üstüne bu talihsizlik! Ne yapacağım? Sıkıştım kaldım köşeye!"

Sarıldık. Kokusunu çektim içime. Çocukluk gibi bir şeydi o an içime dolan şey.

"Halledeceğiz," dedi, "her şeyi nasıl hallettik, bunu da halledeceğiz."

Yüzüne baktım. Hallederiz gibi geldi gerçekten, sakinledim o zaman.

"Annenle konuştun mu peki?" dedi sonra.

"Hayır, konuşmadım. Ararsam ne diyeceğini biliyorsun.

Bağırıp çağıracak, nasıl yaparsın diye üstüme gelecek. Bir de onu katmak istemiyorum işin içine, zaten yeterince karmaşık aklım."

"Söylesek iyi olmaz mı?"

"Yok, halacığım. Dünyada olmaz. Karar sürecine onu dahil edemem. Bir yol bulup, öyle ararım ancak. Olmadı, atlar arabaya, gider, yüz yüze anlatırım. Ona telefonda verilecek havadis değil bu. Delirir. Zaten delirmeye yer alıyor."

"Ne istiyorsun?" diye sordu tekrar.

Günlerdir bunu düşünüyordum. Ali'yi nihayetinde hayatımdan çıkarmaya karar vermiş, bu sefer gerçekten onu bir daha görmemeye niyet etmiş, lakin bir gece "Olmuyor böyle, özlüyorum çok" diye arayınca beni, dayanamamış eve çağırmıştım. Çağırmaz olaydım. Ben kimi sevmeye kalkışıyordum cidden. Yine de ondan kopmak kolumu kesip atmak gibi bir şeydi.

Ali evliydi. Karısı ikinci çocuğuna hamileyken tanışmıştık. Öğrendiğimde yıkıldım, olacak şey değildi bizimkisi, asla dahil olamazdım böyle bir hikâyeye. Sadece bir gece yaşandı aramızda dedik, bir daha asla olmayacak dedik, vedalaştık. Ertesi sabah onun telefonuyla uyandım. Ayrı kalamadık. Boşanması için asla baskı yapmadım. Çocukları çok küçüktü. Ali de yanaşmadı boşanmaya.

Yine de korkak bir erkek olduğunu iddia edemezdim onun. Karısıyla boşanması bir evliliği bitirmekten fazlasıydı. İki aile Arap saçı gibi dolanmıştı birbirine. Hem iş, hem akrabalık bağı vardı ailelerinin arasında. Temelleri derin kazılmış bir evlilikti, ikisi daha körpecikken karılmıştı çimentosu. Yıkılması imkânsız dev bir binaydı. Çocuk olduktan sonra çözülmesi imkânsız bir düğüm atılmıştı aralarına. Bizim zavallı ilişkimiz, ilk rüzgârda yıkılıverecek bir müştemilattan farksızdı. Dışarıdan öyle görünüyordu en azından. Ali her fırsatta o kocaman binanın arka kapısından kaçıyor, müştemilatta, benim yanımda alıyordu soluğu. Öyle boşanmakla bitecek, pılını pırtısını toplayıp "Ben gidiyorum" demekle geride bırakılacak bir hadise değildi onunkisi. Anlamamı bekliyordu, ben de allah kahretsin ki, dünyanın en anlayışlı kadını oluyordum o bana öyle bakınca, "Ya ben, ya onlar" diyemiyor, denetimsiz bir halin içinde sürüklenip gidiyordum. Tam beş yıldır. Şimdi de bu... Yetmezmiş gibi... İçime gün be gün büyüyen bir hayat bırakmıştı. Haberi bile yoktu.

O gece halamda kaldım. Bana mis gibi sabun kokan bir yatak serdi misafir odasında. Yıkandım, onun pazen pijamasını geçirdim sırtıma, yattım. Halam çocukluğumdaki gibi girdi aralık bıraktığım odanın kapısından içeri, yorganın kenarlarını altıma sıkıştırdı üşümeyeyim diye, alnımdaki saçlarımı çekip, öptü, "Halledeceğiz, merak etmeyesin sen. Ben varım, öldük mü allasen!" dedi. Işığı kapatıp çıktı. O gece aylardır uyumadığım uykuların borcunu ödedim sanki. Her şeyi unuttum. İçim yıkandı o sakız gibi nevresimlerin içinde.

Sabah mutfaktan gelen tıkırtılarına uyandım, hamur kızartmış, bilirmiş gibi bana neyin iyi geleceğini 11 saatlik uykudan sonra. Mutfaktan emektar radyosunun sesi geliyor tatlı tatlı. Zeki Müren söylüyor, *gözlerin doğuyor gecelerime.* Kalktım, yanına gittim, iyiyim. Ağır bir taşı indirmişim kalbimden sanki, hafiflemişim.

"Hala," dedim, "bir randevu alalım Vartanuş Hanım'dan, gidelim mi birlikte bugün?"

Vartanuş Hanım, halamın çok eskilerden bir doktor arkadaşı. 37 yıl önce onun ellerine doğmuşum.

"Çay oldu," dedi halam, "Sen otur, ben çaydanlığı alıp geliyorum."

Karton Koliler

Alnımı pencerenin ayazına yaslamış, sokak lambasının konik aydınlığına yağan kara bakıyordum. Bir film için kusursuz bir son sahneydi. Pencerede yalnız bir kadın, gece, dışarıda kar yağıyor falan. Kamera kadının yüzünde önce, oradan sokak lambasına doğru kayıyor ve müzik başlıyor. Sokakta çıt yoktu. Ne sinsi rüzgâr, ne sevişken kediler, ne arsız martılar, ne asabi fahişeler, ne uykusuz taksi şoförleri... Kar beyaz elini uzatıp şehrin "mute" tuşuna basmıştı sanki. Öylece durdum. Ayaklarım çıplak. Üzerimde sünmüş, büyük beden bir tişört. Kimin olduğunu bilemedim. Sonra bir kor yanığı gördüm karın hizasında, hatırladım.

Aklıma sigara düştü. Ne zamandır azaltmaya çalışıyordum. Ama sigarayı bırakmak değildi mevzu, yerine ne koyacaktım, asıl buydu dertlendiğim. Hayatın bana tek kelime danışmadan açtığı boşlukları doldurmak mevzu bahis olduğunda, sigara herkese ve her şeye beş basardı. Kusursuz bir dolgu malzemesiydi. Oyundan çıkanın yerine giren yedek oyuncu gibi.

Çıt! Çakmağı çakmamla odayı ele geçiren sessizlik, rahatı bozulmuş kedi gibi yerinde şöyle bir kıpırdandı. Anında tekrar uykuya daldı. Alacakaranlık odada kırmızı bir nokta harlanıp söndü. Akmayan, öylece pelte gibi tüm ağırlığıyla olduğu yere çöküvermiş bir zaman dilimi. Tek bir yaprağın dahi kıpırdamadığı bir an. Babaannemin odasındaki devasa gardırop sanki, ne yapsan yerinden oynayacak gibi değil. Eskimiş tişörtümle, karanlık bir siluet olarak görünüyor olmalıydım dışarıdan. Afili bir film karesi daha.

Elim yanana kadar içtim sigarayı. Evin sessizliği canımı sıktı. Günün gürültüsü patırtısı içinde özlediğim sessizlikle, gecenin bu saatinde kavuştuğum sessizlik aynı değildi. Hiçbir şeyin yokluğu varlığına denk değildi. Sanırım ondan. Sessizliğin de türleri vardı. İnsanın kalbini yerinden oynatan güzel bir anın peşi sıra gelen, kuş tüyü gibi bir sessizlik vardı mesela. Öyle kıymetli bir şeydi ki o, tek bir kelime etsen hayat affetmezdi. O anki sessizlik öyle değildi. Bilakis, görmüş geçirmiş, hayatın feleğinden geçmiş yaşlı bir kadının uzakta bir noktaya dalan kocaman gözlerini kırpmadan, "Bu sessizlik hayra alamet değil" dediği cinsten bir sessizlikti.

Odada bir kıpırtı oldu. Dönüp baktım. Kedi odanın her yanını kaplamış karton kolilerden birinin üzerine atlamış. Lakin orada kalmaya niyeti yok, daha yüksek bir koliyi gözüne kestirmiş çoktan. Sıçramadan önceki son kedi hazırlıklarını yapıyor. Hüzün resmen kedilere işlemiyordu. Ruhu sönmüş, miadını doldurmuş, her köşesi yapış yapış melankoli, kolilerle tıka basa, veda edilmek üzere olan bir evde bile bir kedinin kediliğini hatırlayacak bir şey buluyor olması takdire şayandı. İnsanlar her şeyi çok abartıyordu.

Kedinin gamsızlığından utanıp kendimi rahatlatmaya çalıştım. Rüzgâr ağaçları salladıkça duvarda oynayan gölgeler, olan biten sanki yeterince dramatik değilmiş gibi sahneyi iyice acıklı hale getiriyordu. Fonda karın aydınlığıyla somona yakın bir renge boyanmış karton koliler, yerlere saçılmış eşyalar. Kırık bir makarna süzgeci. Bir plastik kova. Emek Sineması bileti. Giyilmekten şaftı kaymış bir sutyen. Kedinin kumu. Eski gazeteler. Toz yumakları. Duvarda çerçevesiz çiviler, bir zamanlar orada bir hayat yaşandığını hatırlatan çerçeve izleri. Yer yer dökülmüş duvar boyası üzerinde her biri başka bir anıyı mühürleyen lekeler, vuruklar, çizikler, izler, bok püsür. İşim kolay değildi.

Yok, taşınmayı sevmiyordum ben. Hayatta istikrarla yaptığım tek şey de olsa yer değiştirmek, sevmemek az kalırdı, taşınmaktan nefret ediyordum. Evini değiştirmek, yatağını değiştirmek gibiydi bir nehrin. Sancısı büyüktü. Yine de galiba bazı insanlar yolda olmak için geliyorlardı hayata. Dikiş tutturamayan, bir yerde uzun süre kalamayan, doğuştan huzursuz insanlardık biz. Ne kadar istesem de, bazıları gibi yıllarca aynı sokaktan yürüyüp, aynı eve varamazdım ben mesela, aynı anahtarla, aynı evin kapısını açamazdım. Yerinde durmadı ki hiç hayat, o dursa ben durmadım. Ne zaman "evimdeyim" hissi peyda olsa içimde, ani bir manevrayla başka bir yöne saptı hikâye. Sonrası bilindik mevzular, hadi bakalım, ev bininci kez kutulara dolduruldu, tekerleklerin üzerine yüklendi, başka bir yere taşındı. Eve yürüdüğüm yol değişti biteviye. Yatağım değişti, yatağa sırtüstü uzandığımda baktığım tavan. Pencereden görünen ağaç. Ekmek ve yoğurt aldığım bakkal.

Denemiyor değildim, yani yerleşmeyi. Ama bavulum "Ne zaman gidiyoruz?" der gibi dolabın üzerinden gözlerini dikip bana bakıp durmaktan vazgeçmedi. Kimin bavulu! Bazı eşyaları kutularından dahi çıkarmadığım oldu. Hani koltuğun ucuna oturursun her an kalkacak gibi, arkana yaslanıp rahat ettirmezsin ya kendini. Aynen öyle, her seferinde yeni bir hayatın ucuna oturdum ben de. Her an çekip gidecek gibi. Gibisi fazla, aslında hep biliyordum sanki zaten bir gün çekip gideceğimi. Bakma her seferinde bu son deyişime, hep bir huzursuz, bir rahatsızdım kök salmaya elimin bir türlü varmadığı hayatlarda.

Bir keresinde şöyle demişti, galiba en çok o sevmişti beni, "Avcumun içinde yavru bir kuş gibisin. Kıpır kıpır bir hal var üzerinde. Kalacak gibi de gelsen bazen, o kadar belli ki, gideceksin." Haklıydı. Kiminle olsam, hep eşikte bekledi ayakkabılarım. Gitmek gerekse ceketini alıp çıkanlardan oldum. Eşya satın almadım. Sağdan soldan topladığım üç-beş eşya yarenlik etti bana. Onlarla yetindim. Sonra günü geldi, üzerine kokumu bile sindiremediğim eşyaları da evlerle birlikte arkamda bıraktım. Kitaplar, kedi, bir de ben. Bu kadardım. Daha fazlasına cesaret edemedim.

Oysa tanıdığım diğer kadınlar böyle değildi hiç. Sonsuza kadar orada kalacak sanki, o mahallede, o evde, o adamın yanında, nasıl da rahat. Bir güzel yaslanıyorlardı arkalarına, sahipleniyorlardı her bir şeyi. Gitmek düşmüyordu akıllarına hiç. Yıllarca aynı yatakta uyuyorlardı misal. Mahalle bakkalıyla ahbap olmuşlar. Manav iki gün görmese, "Ooo, nerelerdesiniz? Yoksunuz kaç gündür" diye sitem ediyor. Her sabah sektirmeden uğradıkları gazete bayii "Kilo mu aldınız siz biraz?" deyiveriyor. Saçlarını bir kez olsun başkasına kestirseler, anında anlayıp "Yine kim kesti bu saçları?" diye sitem eden bir kuaförleri bile var hep gittikleri. Ama ben? Sürekli değişti adresim. Ait hissetmedim hiçbir yere. Eder gibi yaptım ama foyam çabuk çıktı ortaya. İstanbul'un handiyse her semtinde bir evim oldu. İstanbul'a sığmadım, dünyanın başka başka odalarında, başka başka çekmecelere defalarca yerleştirdim aynı kazakları. Aynı kitapları dizdim başka başka raflara. Başka başka kuaförlere defalarca gösterdim saçımın ne taraftan ayrıldığını. Ekmeğin yanığını bana ayırması için kaç tane bakkalı ikna ettim. Hangi anahtarın, hangi kapıyı açtığını bin kere baştan öğrendim. Bu evin de yüzmüş yüzmüş kuyruğuna gelmiştim işte, bu gece son, sabah yine yollara düşecektim. Galiba bir kez daha kimseden değil kendimden kaçmaya yeltenecektim.

İçim sıkıldı. Kocaman ağızlı koli canavarlarının henüz ele geçirmediği, evde kaybedilmemiş son kale çalışma masasına baktım. Masayı toplamayı iyi ki en sona bırakmışım. Üzerindeki her şeyin hâlâ yerli yerinde olduğunu görmek iyi geldi. Evin yürek burkan karmaşası içinde, beni fırtınadan kaçıracak bir filika oldu masa. Gemisi batmış ama kazadan sağ kurtulmuş bir kaptan gibi sandalyeye oturdum. Masanın üzerindeki eşyalar bana inat istikrarlı bir yıl geçirmişlerdi. Ivır zıvırın yeri, dar alanda kısa paslaşmalarla arada değişse de hiçbir şey eksilmemişti. Ne zaman sulamam gerektiğini bir türlü bilemediğim, çok sevgiden arızalanan çocuklar gibi muhtemelen çok sudan çürüyüp gitmiş kaktüslerim, onları burada bırakacaktım. Annemle ben bir haftalıkken çekilmiş siyah beyaz bir fotoğrafımız, bu fotoğraf kaç masa gezmişti allasen? Minik bir Buda heykeli, kişisel gelişim zırvalarına kapılmış arkadaşlarımdan biri Tayland'dan getirmişti. Sonuna kadar yanıp bitmiş mumlar, ah şu son gecedendi. Gözümün önünde olduğunda kendimi güvende hissettiğim üç-dört kitap, koliler henüz hiçbirini yutmamıştı. Kahve fincanlarının ve şarap kadehlerinin ahşap üzerinde bıraktığı kahverengi ve kızıl tonlarda boy boy yuvarlaklar, her birinin anısı vardı. Ve orada burada not alınmış düşünce kırpıklarıyla tıka basa dolu defterlerim. Hepsi henüz bu taraftaydı, o tarafa geçmemişlerdi.

Gün ağarmaya başladığında hâlâ uyanıktım. Sandalyeden kalktım, son kez yatağıma uzandım. Kedi uzun hesaplamalar sonucu en yüksek koliyi bulmuş, tepesinde bir süre döndükten sonra, aradığının bu olduğuna ikna olup nihayet kıvrılıp uyuyakalmıştı. Hüzün kedilere işlemiyordu. Bir kez daha anladım. İnsanlar her şeyi çok abartıyordu. Tavana baktım. Tavanda yerini ezbere bildiğim o çatlağı gözümle buldum. "İyi ki karton koliler var" diye düşündüm.

Kurtuluş Gecesi

Babam ölmüştü birkaç ay önce. İyi değildi epeydir. Pek konuşmazdık babamla, ergenlikten bugüne sarkmış bir ayrı gayrılık, sorsan anlatamam niyesini. Aynı dünyaya dahil olamadık işte. Ayda yılda bir görev icabı yaptığımız "Eee, daha daha nasılsın?"a varıp da tıkanan, çoğu sessizlik telefon konuşmaları dışında, annemdi aramızdaki tek köprü. Zaten az konuşan bir adamdı. Hastalıktan sonra iyice içine kapanmıştı. Annemden alırdım havadislerini, annem bizim yerimize severdi ikimizi; "Baban çok öpüyor, çok özledim kızımı, gelsin diyor" derdi telefonda bana. Babam, bilirdim o sırada çıt çıkarmadan televizyona bakar olurdu. "O da seni çok özlemiş Cemal, gelecekmiş yakında" diye seslenirdi babama annem. İkimizin sessizliğini, sevgisizliğini bastırırdı annemin sesindeki gerçek olmayan neşe. Hepimiz inanır gibi yapardık o görev icabı saadete.

Orhan'la boşanmamızın üzerinden altı ay bile geçmemişti. Üzerine babam ölmüştü. Koca dünyada iki kadın kalakalmıştık öyle annemle. Erkeklerin zamansız eksilip gittiği, annemle beni iki ayrı evin, iki ayrı sessizliğiyle, dolabın kapağını açtığımızda yüzümüze çarpan giyilmemiş erkek kıyafetlerinin sabun kokusuyla baş başa bıraktığı zamanlardı.

Baba evim Ankara'daydı. Bense hayata mekân olsun diye İstanbul'u seçmiştim yıllar önce. İki şehrin, iki yakamdan çekiştirdiği, ayaklarımın bir zemin bulmakta zorlandığı zamanlardı. Annemi yalnız bırakmaya gönlüm el vermiyor, İstanbul'daki evin boşluğu cinnetimi tetikliyor, atlayıp otobüse her fırsatta Ankara'da alıyordum soluğu. İki şehir arasında mekik dokuyordum biteviye. Yol bir nebze iyi geliyordu buhranlarıma. Bir ucunda yalnız annemin, diğer ucunda yalnız kendimin beklediği, ortası beyaz çizgili yolda ilerleyen otobüs, hiç durmasa, hiçbir yalnızlığa varmasa, hep öyle gitse, ne iyi olurdu.

İşte o günlerden birinde çıktı karşıma. Kurtuluş'ta bakımsız ama kocaman bahçeli bir zemin kat dairesinde. Bir dostu evlendirmiştik o gün. Uzun bir masada birbiri ardına kadehler kalkmış, "Darısı başına"lar havada uçuşmuş, gelin, yüzünde hülyalı bir tebessümle masa masa dolaşıp hepimize sarhoş kucağını açmış, damat kravatını çoktan gevşetmiş, kimseden çekinmemiş "Seviyorum ulan"lar savurmuştu ortalık yere. Rakının dilimizi dolamaya başladığı saat gelip çattığında, civarımda hallenmeye başlayan bekâr erkekleri başımdan savmanın zorlaştığına kanaat getirip kalkıp sokağa çıktım. Restoranın kapısından çıktığımda, gecenin başındaki iki dirhem bir çekirdek halimden eser yoktu. Rimellerim akmış, saçlarımın havası dönmüş, elbisem kırışmış, gözlerim kızarmış, yürüyüşüm de kesin değişmişti. Telefonum çaldı. Açtım. Ne zamandır buluşsak deyip de, gereksiz meşguliyetlerden bir türlü başaramadığımız eski bir arkadaşım, "Hadi gel, bizde şenlik var bu akşam, üst komşum Ebru bende, şahane kadın, sana da iyi gelir hem" dedi.

Atladım taksiye. Kurtuluş son durakta indim. Zili çaldım, kapıyı açtıklarında bir kahkaha bulutu çarptı yüzüme. Belli ki, çok daha evvelden başlamış bir toplaşmanın son misafiriydim. Direkt bahçeye çıktık.

Masanın başında oturuyordu. Girer girmez ilk onu gördü gözüm. Sedefli minicik elbisesi, bir erkek bedeninden beklenilmeyecek kadar güzel bacakları, platin sarısı saçları, en mavisinden farları, beyaz topuklu terlikleri ile yorgun görünüyordu ama çok güzeldi. Kafasını şöyle bir çevirip bir şey demeden elindeki kadehi bana doğru kaldırıp gülümsedi. Yanındaki sandalyeyi işaret etti, oturdum. Hemen iki bardak belirdi önümde. İlk yudumu almamla anında onlardan biri oldum. Kırış kırış elbisem ve akmış makyajımla yapbozdaki son parçaydım. Ben de gelince resim tamamlanmıştı. Sanki bir başıma yolun kenarında beklerken, önümde bir sirk karavanı durmuş, beni de alıp tekrar yola koyulmuştu.

Arkadaşım kulağıma eğilip "Nasılsın?" diye sordu. O kadar çok sormuşlardı ki bu soruyu son altı ayda, verilecek cevaplarım biteli çok olmuştu. Ne boş soruydu bu "Nasılsın?" Cevabı ne kadar umurunda değildi soranın. Kafamı salladım, incecik güldüm. O kadar. Başka şeyler sorsunlardı bana. Nasıl olduğumu düşünmek istemiyordum artık. Merak da etmiyordum hani.

Onun, yani hemen yanımda oturan güzel bacakların gözünden kaçmadı bu kısacık sorgu, sarı saçlarını damarlı elleriyle geriye atıp sandalyesini bana çevirdi, "Boş ver" dedi. Aklımı okur gibi bakıyordu yüzüme. Sanki her şeyi bilir gibi, sanki dünyanın tozunu yutmuş, bütün sorunların cevapları ondaymış gibi. Yaşını tahmin etmeye çalıştım, çıkaramadım. Yaşı olmayan insanlardandı. Yine de bir kaplumbağa gibi yüz yıldır yürüyordu sanki yeryüzünü, yavaş yavaş, hiç acele etmeden. Her şeyin farkındaydı sanki. Her türlü sahnede bulunmuştu, bu saatten sonra ne olsa şaşırmayacak gibi bakıyordu dünyaya. "Daha ne olsun" der gibiydi gözleri. O kadar çok şey sığdı ki bu ömre, daha n'olsundu?

"Canan ben" dedim, elimi uzattım.

"Ebru" deyip, elini omzuma sardı.

Ben de otomatik olarak kolumu beline doladım. Durduk öyle, yıllardır tanışıyormuşuz gibi. Fönlü saçları yanağımı gıdıkladı. Bayat rujunun kokusu geldi sonra burnuma. Annemin çekmecelerine dalıp aşırdığım rujların kokusuydu bu. Evde gibi hissettim kendimi. Hep oradaymışım gibi. Hiç yabancısı olmadığım bir yerdeymişim gibi. Boşanmamın ve babamın ölümünün peşinden, sayısız akrabanın ve dostun yapış yapış merhametinden sonra, Kurtuluş son durakta bir evin hırpani bahçesinde, her sandalyesi farklı bir masada, bir travestinin kollarında tuhaf şekilde iyiydim. Ebru beklenmedik bir anda ilacım olmuştu.

Sonra hikâyesini anlattı biraz. Urfa'da büyümüş. Amcaoğlunun ergen keşiflerine maruz kalmış yıllarca. Ergenlik bitmiş, gece yatağın başında beliriveren gölgeler bitmemiş. Bir gün kaçmış İstanbul'a. Sesi de güzelmiş. Aylarca bekâr odalarında ömür tükettikten sonra, bir adamla tanışmış, tutmuş elinden, bir pavyona sokmuş onu. Çok sevmiş sahneyi. O ilk sahneye çıktığı geceleri bir hatırlayışı var ki, gözleri parlıyordu anlatırken. İstanbul'da ve taşrada pavyon pavyon dolaşmış birkaç yıl. Nice adamı aşık etmiş kendine. Öyle güzel, öyle kadın gibi bir kadın, masadaki sıradan kadınlar olarak öyle sönüğüz ki ışığında. Sonra bir adama aşık olmuş delice, adam da buna kesik. Tuzu da kuruymuş, demiş "Bırak bu işi, gel sana ev açayım, bana çalış sadece." Ölmüş bitmiş aşkından, eriyip yitmiş kuru dala dönmüş, böyle şey yok. Kabul etmiş, veda etmiş sahneye. Lakin bir gün o anlata anlata bitiremediği esmer adam çıkmış kapıdan, bir daha dönmemiş.

Anlatırken durdu bir an, gözünün önünden resimler geçti, gördüm, sonra içinden koptu sanki şarkı, *Sen kimseyi sevemezsin. Sevmeyeceksin, sevmeyeceksin. Rüzgârların önün-*

de kuru bir yaprak gibi. Sürüklenecek, sürükleneceksin, sokağı inletti. Karşı apartmandan bir kafa uzandı, bir küfür salladı en pisinden. Benimki boş durur mu, öyle bir laf etti ki, ölüm sessizliği çöktü sokağa. Kaldığı yerden aynen devam şarkıya. Kemiklerimin içine dek sızmış bir aşkla sevdiğim kocam bir gömleğini dahi almadan çekmiş gitmiş, çok sevmişmiş o kadını, başka çaresi yokmuş, bir aya kalmadan avukatın kâğıtları bitmiş posta kutumda. Babam ölmüş peşine, benim babam.

"Erkekseniz teker teker gidin ulan!" deyiverdim, içim kabarmıştı yanık sesindeki kederden.

Baktı yüzüme, dedi ki: "Sikeyim hepsini! Geldikleri gibi gitsinler varsın. Bak, güzelim benim, benim içimde de var onlardan bir tane. Bakma bu koca memelere, bu süt gibi bacaklara, bu kırmızı dudaklara, bir allahın belası erkek var benim de içimde. Bakma kadın hissettik kendimizi, olduk da olunduğu kadar ama siktir et bu herifleri. Bilirim ben onları. Ciğerini bilirim. Kaçı köpeğim oldu kapımda, kaçının paspasında sabahı ettim. Hepsi aynı bok. Ya ölürler, ya giderler böyle en beklenmedik zamanlarda."

Sarıldık, ağladım incecik. Sümüklerimi sildi elbisesinin ucuyla. Bozulmuş saçlarımı düzeltti eliyle. Sırtımı patpatladı. Dünyanın bütün merhameti onun zayıf ellerinde, siyah kalemle iyice belirginleştirdiği gözlerinde toplanmıştı sanki. Annem gibi bakıyordu bana, babam gibi, kocam gibi. Hiçbirinin bir gün olsun bakmadığı gibi. Hayatımda eksilen ne varsa, parıltılı varlığıyla topuklarını tıkırdata tıkırdata gelmiş doldurmuştu sanki. Aylardır sızlayan yarama anasonlu nefesiyle üflemiş, o üfleyince geçivermişti sızım.

"Ebru," dedim, "sen ne güzel kadınsın. İçin başka güzel, dışın başka güzel."

"Ne o kız, iş mi atıyorsun bana! Bak ben erkeklerden başkasına elletmem, ona göre. Hem bende senin işine yarayacak şey yok. Boşuna mı yattık onca neşterin altına, anam bellendi benim anam!" deyip bastı kahkahayı.

Güldüm ben de. Gerçekten güldüm. Kontrolsüz bir kahkaha çıkıverdi boğazımdan. Kendi neşeme şaştım, kendi hapşırmasına şaşıran kedi yavruları gibi.

Sonra eğildi, bir tek benim duyacağım şekilde, "Bana bak. Çıkıyorsun acilen bu moddan. Kemiklerini kırarım. Sana adam mı yok? Böyle düşürüp durma kendini artık. Şu haline bir bak. Hadi bakalım. Kaldır şu kadehi masadan. Neşemiz yerine gelsin."

Rakısını dikip kafaya, ayaklandı. Çantasından küçük bir ayna çıkarıp rujunu tazeledi. Saçlarını kabarttı.

"Benim mesai saati geldi dostlar. Gideyim de ekmeğimi kazanayım" dedi.

Koridorda topuklarının tıkırtısı uzaklaşırken seslendi:

"Dönüşte bira kapıp gelirim. Cila olur. Canan! Bir yere ayrılma, gebertirim. Bu gece buradasın hayatım!"

Ne zamandır ilk kez birisi bana "Kal" demişti, "sakın gitme."

Sevgili Müslüm Baba

Sabah. Gözümü aralıyorum, babamın yanık sesi evi doldurmuş. Bir şarkı söylüyor. Neşesi yerinde demek. Onu bırak, evde babam! İş için gittiği uzun yolların birinden dönmüş. Belli ki gece, biz uyurken. Karın kelebekleri basıyor içimi bir anda. Durdurulamaz bir neşe fırtınasına kapılıyorum ağır yün yorganın altında. Bir okul sabahı soğukluğu yok evin içinde. İkinci bir farkındalıkla yataktan fırlıyorum, günlerden cumartesi! Eski bir Bursa apartmanında bizim ev. Bursa'nın kışıyla mücadelenin kolay olmadığı bir ev. Doğramaların macunları dökülmüş, rüzgâr uğuldayıp duruyor gece gündüz. Kaloriferleri yanmıyor hiç, bir kömür sorunu var, büyükler arasında konuşulup duruyor. Annem katalitik marifetiyle küçük cennetler yaratıyor evin odalarında. Koridor, kapıyı açıp da çıkması zor bir yer. Koltuk altımıza kadar çekilmiş yün çoraplar ikinci derimiz, banyodan banyoya sıyırıyoruz üzerimizden.

Yataktan kalkıp burnumu yaslıyorum pencerenin ayazına. Dışarısı diz boyu kar. Hâlâ da yağıyor, şu içinde sahtecikten kar yağan küreler var ya, işte onlardan biri sanki dünya, biri sallıyor da sallıyor, göz gözü görmüyor. Mahalle dev bir doğum günü pastası, üstü kremalı. Kafamı evin ılığına çeviriyorum. İçerideyim ve her şey yolunda. Kardeşim ranzanın alt katındaki yatağında hâlâ, yorganın altında top olmuş, yüzü dışarıda bir tek, yanaklarında iki elma parlıyor.

Odanın kapısını açınca babamın sesi artıyor. Koridorun diğer ucundaki mutfakta, sırtı dönük, tezgâhta bir şeyler yapıyor, bir yandan da şarkı söylüyor. Bilmiyorum şarkıyı ama ne güzel söylüyor. Koşup sarılıyorum arkasından, başım tam bel hizasına geliyor. "Dur kızım, elimde bıçak var!" deyip elindekini bırakıp bana dönüyor, sarılıyoruz. Beni koltuk altlarımdan kavrayıp havaya kaldırıyor, ah yedi yaşın pür neşesi! Tezgâhı görüyorum o zaman, kahvaltı hazırlıyor babam. Domatesleri ne de güzel kesmiş, incecik, muntazam, diziyor tabağa. Annem hiç öyle kesmiyor. Sonra yere indiriyor beni, işine dönüyor, kaldığı yerden devam ediyor şarkısına, *Çektiğim çileler kendime benim, tutup da birine vurmaz ki elim, çekilin üstüme varmayın benim, kötüysem, düşkünsem kime ne bundan.* "Baba," diyorum, "ne güzel söylüyorsun, kimin şarkısı ki bu?" "Müslüm Baba'nın" diyor babam. Devam ediyor şarkıya. Ocakta çaydanlık fokurduyor, dışarıda kar yağıyor, ah babam, o şarkıyı ne güzel söylüyor.

Sonra az buçuk büyüyorum bir gün. Orta sona gidecek kadar. Kalpte minikten kıpırtılar, sınıfta bir çocuk var, adı Yaşar, "Müslüm Babacıyım" diyor. Kepçe kulaklı, bir de r'leri söyleyemiyor. Yanık bana. Ah ki nasıl. Defter kâğıtlarına mektuplar yazıyor, her teneffüs bir tane verecek kadar çok. Ulu orta yaşıyor her şeyi, kimseden gizlisi, saklısı yok, duvarlara yazıyor adımı, herkes biliyor. Derste bir kabahat işlediğinde, hoca "Oğlum aşık mısın?" deyiverince bütün sınıf kahkahaya boğuluyor. Beni görünce başlıyor okumaya, *Çek elini felek bırak yakamı, şimdi hayatımın sevmek zamanı.* Hani ben de ona boş değilim. Akşam eve gelip kasetçalara Müslüm Baba'nın kasetlerini koyup annemden gizli, onu düşünüyorum, şiir falan yazıyorum. Ama herkesin gözü önünde aşkına cevap vermeyi de yediremiyorum kendime, herkes bilsin istemiyorum, utanıyorum. Müslüm Baba şarkıları çalıyor fonunda ilk aşkımın. Te allahım! Herkesin gözünde "pırlanta gibi bir çocuk", çitlembik gibi bir yeniyetme, ben yani, Müslüm Babacı oluyorum gizliden. Annem duysa gebertir, "Başıma arabeskçi mi oldun!" diye başımın etini yer. Kasetlerimi yanıma alıyorum okula giderken, neme lazım.

Sonra bir gün, Haziran başı, kiraz mevsimi bastırmış, arzular şelale, bir cesaret defterin köşesinden yırttığım bir kâğıda "Cumartesi?" yazıp koyuveriyorum kitabının arasına. Tarık Akan'la Gülşen Bubikoğlu gelse elimize su dökemez. Öyle biçare, öyle kapılmışız olan bitene. Karın kelebekleri basıyor yine içimi. Cumartesi gelmek bilmiyor. İki gün öncesinden ne giyeceğimi bile hazırlamış koymuşum kenara. Konuşacak konu başlıklarını bile yazmışım kâğıda, yeter ki sessizlik olmasın, yeter ki sıkılmasın benden. Gidiyorum buluşacağımız yere, bekliyorum. Bekliyorum. Bekliyorum. Gelmiyor.

Pazartesi hiçbir şey olmamış gibi. Sessiz. Bir şey desem, diyecek bir şeyim de yok. Sanki ben yokum, görünmezim. Haftasına okullar kapanıyor, yaz tatili başlıyor. Ortaokul bitiyor. Bir daha da adını sanını duymuyorum. Koca bir yaz kumsalda, karşımda masmavi deniz ışıl ışıl, suyun üzerinde altın sarısı güneş kırıkları, yüzümde tatlı bir meltem, burnumda iyot kokusu, kulağımda walkman, en damar Müslüm Baba şarkılarını dinliyorum. Ve hayatımda ilk kez rakı içiyorum.

Düğün

Bir ay kadar önce arayıp "Evleniyorum" dediğinde, "Ne güzel bir haber bu!" diyebildim sadece, şaşırmadım. Eski sevgilimdi. Eski dediğim, çok eski. On yıl kadar eski. Istırap içinde karşılamadım haberini. Evlenecekti elbet. Yani bir gün illaki duyacaktık bunu, evlenmeyi seven erkeklerdendi çünkü. Benden önce bir karısı olmuştu. Benimle başka bir kadınla evlenmek üzereyken tanışmıştı. Bana da tanıştığımızın haftası evlenme teklifi etmişti. Dedim ya, evlenmeyi seviyordu. Belki de sadece birinin kocası olma fikrini heyecanlı buluyordu. Bu yüzden asıl haber değeri olan evlenmesi değil, beni arayıp düğününe davet etmesiydi. "Eski dostları toplamak için bahane oldu düğün. Sensiz olmazdı bu toplaşma" deyince, biraz olsun rahatladım ama eski bir dost olarak kayda geçmiş olmak pek hoşuma gitmedi. Diğer eski dostlar kimdi? Ben kimlerle aynı gruba dahil edilmiştim onun nazarında? Telefonu kapattığımda tekinsiz bir duygu yokladı kalbimi. Boşuna değilmiş.

Haftasına bir zarf buldum iş yerindeki masamda. Üzerinde romantik bir el yazısıyla İ ve S yazan bir zarf. Harflerin kuyrukları öyle uzatılmış, öyle dolanmış ki birbirine, İrfan bu sefer galiba ciddiydi. Açtım, "Düğün törenimizde sizi de aramızda görmekten mutluluk duyarız." Hayat absürt bir televizyon dizisi olsaydı, tam bu sahnede *Nikah Masası* çalmaya başlardı.

Sarıyer'de şu yeni moda, börtü böcek temalı düğünlerden biriydi davet edildiğim. Çimler üzerine özenle kurulmuş masalar, havalı bir düğün orkestrası, rüzgârda uçuşan tüller, bembeyaz giydirilmiş sandalyeler, smokinli adamlar, pastel tuvaletleriyle süzüm süzüm süzülen kadınlar, birbirine vuran kadehlerin sesine karışan kibar kahkahalar, akla sadece saflığı, naifliği, romantizmi getirecek şekilde olay yerine serpiştirilmiş mumlar, vazo vazo papatyalar, Japon fenerleri, türlü ıvır zıvır... Bizim devrimci İrfan'a bak sen. 45 yılın hesabını böyle dürecek, kırdığı cevizleri böyle unutturacak, defteri böyle temize çekecekti demek. "Her şeyin bir bedeli var" derdi ya hep, bu yaşından sonra şu dünya güzeli kızı ikna edebilmenin bedeli de buydu demek. Masallardan hırsızlanmış, bembeyaz bir kır düğününe geçkin damat olmak.

Gerçekten de çok güzeldi gelin. Mekânın geniş kapısından girer girmez, bana doğru yaklaşan ilk garsonun tepsisindeki en sert içkiyi tek yudumda içip, İrfan'a kısacık bir merhaba demek için gelin odasına uğradığımda gördüm onu. İkisi vardı bir tek odada. Girer girmez İrfan ayaklandı, eli ayağı dolandı, ne dese bilemedi, "Geldin demek. Ne kadar mutlu oldum Pelin" deyip ayarı kaçmış bir samimiyetle sarıldı. Omzunun üzerinden müstakbel karısına baktım. Gülümsedi ama gözlerindeki tedirginlik aşikârdı. İrfan'ı çözmüştü çoktan. Yine de şansını denemek istemişti. Uzun ya da kısa sayılmayacak mesafeli bir kucaklaşmanın ardından, tanıştırdı bizi İrfan.

"Pelin," dedi, bronz yüzünün ortasında floresan lamba gibi parlayan porselen dişleri ağzına büyük gelmişti, "çok eski bir arkadaşım, bir tanem." Kimsenin duymadığı bir "Ah!" çınladı kafamın içinde. Kız dokunsan kırılacak, korseyle süs bebek gibi sabitlenmiş gövdesini koltuktan kaldırmadan, incecik kolunu uzattı, samimi bir "Merhaba" demeye çalıştı, beceremedi. Gülümseyerek cevap verdim. Merhabası havada asılı kaldı. Güzeldi, evet. Bu kadın da çok güzeldi. Çok da gençti üstelik. Güzel kadın seviyordu İrfan. Hayatına handiyse hiç çirkin kadın girmemişti. Aynada kendime baktım. Hâlâ fena sayılmazdım. İrfan kilo almış, gıdısı çıkmıştı. İçim rahatladı.

Birkaç gündelik cümle dolandı damatla aramızda. Müstakbel karısı, siyah kalemle güzel bir cümlenin altını çizer gibi çizilmiş mavi gözlerini dikmiş beni süzerken, konuşur gibi yaptık. Bir yere denk gelmeyen, on yıl önceki dünyamıza çok yabancı, gereksiz, mesafeli, kısacık bir sohbet. O sırada kapı çalındı, tam "Oh kurtuldum" derken, birisi kafasını uzatıp müthiş bir görev bilinciyle, ağzı kulaklarında "Haydi, sizi bekliyor herkes. Giriş müziği için son 60 saniye" dedi.

Bir ana sınıfı müsameresinin kulisinde, Sindirella ve babası yaşındaki prensle kapana kısılmıştım. Dünya üzerinde olmamam gereken tek yerdeydim. Gelin, damat ve damadın eski sevgilisi. Hayat ne haindi.

Kapıdan çıkar çıkmaz koridordakiler bizi alkışlamaya başladı. Yüzümüzde flaşlar patlıyor, ikisi el ele, dudak dudağa, ben yanlarında şaşkın suratımla tarihe yazılıyorduk. Aile albümlerinde ölümsüzleşmek, yıllar sonra çocukları "Anne bu kadın kim?" dediğinde, "Babanın eski bir arkadaşı evladım" cevabıyla hatırlanan fara tutulmuş tavşan olmak istediğim son şeydi. Solumdaki duvarda "WC" yazılı bir tabela gördüm. Kimse fark etmeden kalabalığın arasından sıyrılıp, kendimi kabinlerden birine kilitledim. Bir süre oturdum orada. Üst üste birkaç sigara içtim. Biraz da kustum. Dışarıyı dinledim. Alkış sesleri kesildiğinde, nikah anını ve ilk dansı kaçırdığım için bahtiyardım, rujumu tazeleyip dışarı çıktım. Gece hızlı başlamıştı. Midemi bastıracak bir şeyler yiyip kaçmak en iyisi olacaktı.

Bahçeye çıktığımda yine bir garson bana doğru yaklaşıp tepsisini uzattı. Bir içki daha aldım. Sanırım bu düğünle ilgili tek iyi şey, civarda her zaman elinde tepsiyle dolaşan en az bir garsonun bulunmasıydı. Beyaz gömlekli filintalar insanın anında imdadına yetişiyor, boş bardağını kaptığı gibi dolusuyla değiştiriyordu. Onlar etrafta olduğu sürece gece o kadar da fena sayılmazdı.

Kalabalığın içine karışmak iyi geldi. İrfan'ın çok eski bir dostu olarak tanıştırılmış eski sevgilisi değildim insanların arasında. Bilakis, çakırkeyif olma yolunda hızlı adımlarla ilerleyen, 41 yaşında, güzel bir hiç kimseydim. Gelin, daha ben kapıdan girer girmez İrfan'la bir vakitler sevgili olduğumuzu kesin anlamıştı hem. Kadınlar anlardı böyle şeyleri. Bunu düşünmek kaçan keyfimi geri getirdi.

Adımın küçük bir kâğıda yazılıp bırakıldığı masayı bulmam epey vaktimi aldı. Düğünden önce gelinle damat, misafirlerini ortak özelliklerine göre kategorize etmiş, ilkokul öğrencileri gibi kümelere ayırıp yuvarlak masalara yerleştirmişti. Çimenlik alan gelinle ya da damatla ilişkilenme hikâyesi birbirine benzerlik gösteren insanların oluşturduğu çemberlerle doldurulmuştu. Gelinin yakın ailesi, damadın iş arkadaşları, gelinin en yakın dostları, damadın kankaları... İrfan'ın beni hangi gruba dahil ettiğini merak ettim, damadın eski kırıkları olabilirdi gayet. İrfan bir değil, iki masayı donatırdı tarihindeki kadınlarla ve bunu hiç dert etmez, her birini bir güzel tanıştırırdı bir tanecik müstakbel karısıyla, "Çok eski bir arkadaşım" diyerek, o "çok" vurgusu her seferinde bütün foyasını meydana çıkarırdı. Ah bu kafasız İrfan.

Bir gülme geldi, içkiden mi, düştüğüm halden mi bilemedim, önemsemedim de doğrusu o saatten sonra. Gelin ve damatla fotoğraf çektirmiştim. Daha ne olsundu.

Masayı bulduğumda sadece bir kişi oturuyordu. Uzaktan bilemedim kim olduğunu. Tanıyor muydum, o da meçhul. Yaklaştım, ondan tarafa bakmadan aramıza iki sandalye boşluk bırakacak şekilde oturdum. Böylece ne karşısına ne yanına denk gelecektim hesapta. Kimseyle sohbet edecek halim yoktu. "Demek seni de aradı" dedi tanıdık bir ses. Kafamı çevirdim, aman yarabbi, Elif'ti masadaki kadın. İrfan'la ayrıldıklarından beri görmemiştim onu. İrfan bir gecede paldır küldür tüm eşyasını onun evinden toplayıp bana taşınmıştı. Ve aynı İrfan on yıl sonra bizi aynı masaya oturtmuştu. Haddinden fazla cüretkâr bir adamdı şu İrfan. Tonla anı fırladı belleğimden. Kavgalar, kıskançlıklar, türlü rezillik. Aylarca süren gürültü patırtı.

"Yine yaptı yapacağını" dedim, tedirgin. Güldü. Yaşlanmış. Ama güzel yaşlanan kadınlar gibi yaşlanmış. "Allah onun tepesinden baksın" deyip, düğünün nezih ve edepli atmosferini delip geçecek bir kahkaha patlattı. O gülünce, benim zaten sinirlerim bozulmuş, kapıdan girdiğim andan beri türlü rezilliğe imza atmışım, koyuverdim kahkahayı. Civar masalardan birkaç kafa bizden tarafa döndü. Koskoca sekiz kişilik masada iki kadın, üstelik damadın eski sevgilisi iki kadın, bizi tanıyan çıkar mıydı acep? Nasıl görünüyorduk ki dışarıdan?

"İrfan için birbirini yemiş bitirmiş iki ezeli rakip, İrfan'ın düğününde baş başa. Daha bize neler gösterecek şu edepsiz hayat?" dedi Elif, gülmekten nefes nefese kalmıştı. Ben, "Baksana, bize kıyak geçmiş, sadece ikimiz için özel masa ayırtmış" deyince, iyice çığırından çıktı kahkahalarımız. Garson bizim gülmekten tıkandığımızı görünce "Bir şey ister misiniz?" diye koşup geldi yanımıza. O vakit denetimi eline aldı Elif, eskiden de öyleydi, "Çocuğum," dedi, "sen bize birer duble rakı getir. Ama ortadan kaybolma, bizim kadehler bu gece hızlı boşalır."

"Görüyor musun bizimkinin ettiğini. Aradan on yıl geçmiş, hâlâ gol yiyoruz adamdan" dedi sonra bana dönüp, bir eliyle saçlarını kabartıyordu.

"Onca hikâyeden sonra aklına gelir miydi, uğruna birbirimizin gözünü oyduğumuz adamın düğününde kadeh tokuşturmak?" dedim.

"Gelmezdi elbet. Ne günlerdi. Ne zordu her şey" dedi, neşesi gölgelendi. "Biraz cesaretim olsa öldürürdüm yeminle seni. Öyle bir cinnet gelmişti üzerime sevgili olduğumuzu öğrenince. Bir de nasıl güzelsin o zamanlar, Pelinciğim. Düşünsene evleneceğim adam gitmiş böyle senin gibi bir kadına gönlünü kaptırmış. Yetmemiş aylarca gizlemiş benden. Hem beni, hem seni idare etmiş."

"Ben senin yerinde olsam ikimizi de öldürürdüm," dedim, "öldürürdüm de kurtulurdum. Sen yine çok edepli davrandın."

Masanın üzerindeki elimi patpatladı. "Boş ver," dedi, "yaşanmış, bitmiş, gitmiş."

Konunun hassasiyetine rağmen, garip şekilde gergin değildik ikimiz de. Yorgan gitti, kavga bitti gibi bir şeydi belki olan, ondandı bu sakinliğimiz. Ya da ondan daha büyük bir şeydi. Olan bitenin üzerinden koca bir hayat geçmişti. Biz büyümüş, yaşlanmaya durmuştuk. Kadına 35'inden sonra bir hal geliyor, nasıl anlatmalı bilmem, incir çekirdeğini doldurmayacak şeylere üzüldüğün, kendini paraladığın zamanları kısmen geride bırakıyorsun. Nice hikâyenin peşinde kilometrelerce uzağa savrulduğun yerlerden geri getiriyorsun kendini. Ya da bunu yapabileceğine inanıyorsun ilk kez. Dalga geçmeyi öğreniyor her şeyi ciddiye alması öğütlenerek büyütülmüş kadın aklın. Bir vakitler birbirimizin adını duymaya tahammül edemezken, aramıza bu tuhaf gecede bir kız kardeş duygusunun gelip çöreklenmesi belki bundan diye düşünüyorum. Yıllar sonra karşılaşmış iki eski dosttan farksız olmamız bu beyaz mumlarla, dev düğün çiçekleriyle donatılmış masada. Aynı elmanın kurdu olduğumuzu fark etmek belki de, bilmem.

"Kızı gördün mü?" dedi.

"Evet, gelir gelmez gelin odasına uğradım. Taş gibi valla. Bizimki bulmuş yine güzelini."

"Bilir İrfan ağzının tadını, bilmez misin? Haddimi aşacağım ama seni ilk gördüğümde de aynı şeyi düşünmüştüm. Bir yemekte iş arkadaşı olarak tanıştırıldığında, seni görür görmez sezmiştim aranızdaki alakayı. Belki siz bile farkında değildiniz, ben görmüştüm olacakları ta o zaman. İlk değildin ki! O kadar genç ve güzeldin ki, başka türlüsü imkânsızdı. Tanıyordum İrfan'ı, iyi tanıyordum hem de. Yanılmadım da hepimizin bildiği üzere."

"Deme öyle ne olur. Eski mevzu ama utanıyorum hâlâ." İlk değildim demek.

"Hayat, Pelinciğim, sen istediğin kadar namuslu takıl, yeri geldi mi öyle bir pozisyona sokuyor ki seni, kaltaklıktan başka çaren kalmıyor" deyip, o kocaman kahkahalarından birini attı.

"Bilmem mi!" dedim, güldüm ben de. Konuşmanın rahatlığı hoşuma gidiyor, yine de bir şeyleri kırıp dökme olasılığının tedirginliği alttan yoklamaya devam ediyordu.

Rakılarımız geldi sonra. Kaldırdı kadehini, "O zaman," dedi, "ikimizin de kalbinde pek nadide hasarlar bırakmış İrfan beyciğimin mutluluğuna kaldıralım kadehlerimizi."

"Kaldıralım Elifciğim, kaldıralım."

Kadeh tokuşturduk. On yılın hikâyesini dinledik sonra birbirimizden. O anlattı başından geçenleri, sonra ben anlattım. Dikkatle dinledi her kelimemi, sorular sordu. Bu sohbet iyice yakınlaştırdı bizi. Gelinle damat ortalıkta dolanırken, düğün sakinleri kibar eğlencelerine devam ederken, biz çok alakasız bir evrende, bir meyhanede mesela, buluşmuş iki eski dosttuk sanki. Kadehler boşaldıkça doldu, laf lafı açtı, kahkahalar çınladı iki kişilik masamızda. Bir an onu özlediğimi bile düşündüm. Rakı içince üzerime çöreklenen iyicilliktendi kesin. Hatta "Görüşsek ya biz arada böyle" demeye bile cüret ettim. "Hay hay," dedi, "belki hayata borcumuz vardı daha seninle de ondan buluşturdu bu hain düğün bizi. Varsın ödeyelim hesabımızı." Bir daha görüşmeyeceğimizi ikimiz de biliyorduk.

Bir ara sessizlik çöktü masaya. Durulduk ikimiz de. Rakı, biraz tempoyu düşürmeye karar vermiş orkestranın çaldığı şarkıyla el ele vermiş, bizi içimize döndürmüştü. Sezen çalıyordu orkestradan sonra sazı eline alan DJ, *Ah kaldırımlar biliyor bir devir muhteşemdik*. Elif kendi zihninde canlandırdı sanki bir şeyleri, ben kendi zihnimde. Bulutlandı yüzü ama çok sürmedi. DJ, Sezen'den hareketli bir şarkıya geçiş yapınca birden silkinip, "Haydi canım, oturmaya mı geldik?" deyip ayaklandı. *Yalnızlık allaha mahsus, yalnız yatmak mı, ay ay imkânsız*. Ne oluyor demeden, beni kolumdan çekiştirdiği gibi dans pistinde bulduk kendimizi. *Elimi sallasam ellisi, başımı sallasam tellisi, erkekler...*

Yıllardır bu anı bekliyormuşuz gibi aklımızı yitirmişçesine dans etmeye başladık. Pist sakindi. Ortalıkta koşturan birkaç çocuk, birkaç tombik teyze, bir de biz. Bir yandan birbirimize bakıp bakıp kahkahalar atıyoruz, bir yandan türlü figür sergiliyoruz. Herkes durmuş bizi seyrediyordu. Çocuklar bile şaşkın şaşkın bize bakıyor. Dünya batsa, umurumuzda değil. *Oooooof içim sıkılıyor, ooooof pabucum sıkıyor*. İrfan'ın ve çiçeği burnunda karısının hallerini düşündükçe daha da gaza geldik. Şarkı bitip de kan ter içinde yerimize oturduğumuzda, "Bu da bizim damat bey amcamıza düğün hediyemiz olsun," dedi Elif, "allah bir yastıkta kocatsın."

"Özür dilerim," dedim eğilip kulağına, biraz sakinleyince, burnunu pudralıyordu minik el aynasında, "geç kalmış bir özür ama bana bu fırsatı tanıdığı için İrfan'a teşekkür etmek gerek. Bir işe yaradı kırk yılın başında..." Elindekileri bıraktı, bana baktı, "Aman canım sen de, neyin özrü bu şimdi, siktir et, bin yıl geçmiş üstünden. Madem hediyemizi de verdik, artık gitme vakti geldi" diyerek ayağa kalktı. "Seni çok şahane bir yere götüreceğim."

Anlaşılan o ki, gece ondan soruluyordu, hiç itiraz etmedim, çantamı kapıp takip ettim. Arabasına bindik. Yolda bir Tekel'in önünde durup iki bira aldı, sonra da fil ambarlarına götürdü beni. Burayı biliyordum, iyi biliyordum hem de. Buraya çok gelmiştik İrfan'la.

"Seni de getirmiştir defalarca eminim. İlk onunla gelmiştim ben de. O günden beri geceleri uğrarım arada. Güneşi doğurur, eve giderim. Burada insanı temize çeken bir şey var" dedi Elif.

Demek burası İrfan'la bize özel değildi. Herhalde bu gece evlendiği karısını da getirmişti. Gecenin başından beri kendini maharetle saklamış bir duygu gelip bastı şurama. Herhangi bir kadındım onu hikâyesinde. Kadınlar evreninden bir kadın. Rakının neşesinin efkâra dönüştüğü saatlere geliyorduk sanırım, bu içli duyguların durduk yere bastırmasının sebebi uydu. Yine de düşünmeden edemedim; bazı insanların bir sevgili karşısında sabit, değişmez bir hali vardı. İrfan da onlardan biriydi. Hayatına giren her kişiye illaki ithaf ettiği şarkılar, "Bu filmi mutlaka birlikte izleyelim" dediği filmler, daha önce kim bilir kaç kişiyi götürdüğü "Seni harika bir yere götüreceğim" dediği yerler, bir daha, bir daha en baştan kurduğu, birbirine çok benzeyen hayaller... Her seferinde nasıl da ilki gibi hevesli, insan şaşırıyor bu yitmeyen heyecana. Aynı sahnede, aynı repliklerle oynanan, sadece esas kadını değişen bir oyun. Sorsam şimdi İrfan'a neden diye, "İnsan sınırları olan bir varlık. Belki ondan" derdi bana. Kendini tekrar etmekten başka çaresi yoktu belki gerçekten de. Aynı güneşin altında, aynı yeryüzünde kaç tane farklı İrfan yaratıp, kaç farklı şekilde sevebilirdi ki birini? Ne bileyim. Belki de haklıydı. Ama insan üzülüyordu işte. Her şeyin kendini durmadan tekrar etmesine. Birinin yerine geçmesine bir başkasının, birinin cuk diye oturmasına bir başkasının açtığı boşluğa.

"Daldın gittin," dedi, "haydi canım, üzül diye getirmedim seni buraya."

Biraları açtık. Torpidodan bir teneke kutu çıkardı, incecik parmaklarıyla onca sarhoşluğa rağmen marifetle bir cigara sardı. Birlikte içtik. Gün doğuyordu karşımızda. İki kadın, arabanın içinde oturup sessizce güneşin doğuşunu seyrettik.

"Hem üzülme canım, bak benim gibi muhteşem bir kadını bıraktı senin için. Sen yine 1-0 öndesin" dedi.

Arabadan taşan kahkahasına birkaç martı havalandı az ötemizdeki kayıkhaneden.

"Ah Elif," dedim içimden, "özür dilerim."

Ceyda'nın Dizleri

Okulun bahçesinde törenlerin yapıldığı alanla toprak futbol sahasını birbirinden ayıran duvarda oturuyoruz. Memet'le. Memet hem mahalleden, hem sınıftan arkadaşım. Bizim sınıfla karşı sınıf arasında kıran kırana bir maç yapılıyor sahada. Bizi almamışlar oyuna. Ben yaşıtlarıma kıyasla epey kısa ve zayıfım. Nasılsa kazanamam diye erkek dünyasının "Kim daha güçlü" oyunlarından uzak duruyorum zaten. Memet de ziyadesiyle miyop. Kavanoz diplerinin arkasından bakıyor dünyaya. Bugüne dek maçta ya da kavgada tek düğmesi kopmamış gömleklerimizin. Sahada toz toprak içinde sergilenen terli ergen mücadelesine dışarıdan bakıyoruz. Her zamanki gibi. Bize düşen, velev ki maçı kazandık, hep birlikte sevinmek. O kadar.

Okulun son haftası. Dersler boş geçiyor. Müfredat tamamlanmış, son yazılılar bitmiş. Matematik dahil hepsinden süper notlar alıp tamamlamışım bu yılı da. Çoğunluk bahçedeyiz artık. Yaz tatili için günleri sayıyoruz. Lacivert ceketler çıkmış, gömleklerin kolları kıvrılmış, kravat takmamak müdür yardımcısının kusur listesinden silinmiş çoktan. Kızların bacakları kalın, lacivert külotlu çorapların hâkimiyetinden kurtulmuş, ya diz altı ya da bileğe kadar kıvrık beyaz çoraplarıyla, kelebekler gibi dolanıyorlar ortalıkta. Süveterleri rafa kalkmış, beyaz gömleklerinin içinden sutyen askılarını tespit ediyoruz gizliden. Herkes çok mutlu tatil meselesine. Sonunda özgürlük. Bense buruğum biraz. Seviyorum okula gelmeyi. Buradan üç ay ayrı kalacak olmak canımı sıkıyor. Okul açıkken kendimi derslerle meşgul etmeyi, sabah uyandığımda yapmam gereken bir şey olduğunu bilmek iyi geliyor. Yazın sonsuz özgürlüğü korkutuyor beni. Uzun yaz günlerinin tenhalığını düşündükçe içime hafakanlar basıyor. Bir de onu, Ceyda'yı her gün uzaktan da olsa göremeyeceğimi bilmek. Her gün acaba şimdi ne yapıyor diye düşünüp kederlenip durmak.

Bizimle aynı duvarın üzerinde, az ötemizde oturuyor Ceyda ve diğer kızlar... Onun yanında başka bir kızın ismi cismi yok, diğer kızları bir bütün olarak algılıyor gözüm. Bizim sınıfın başkanı Ceyda. Okulun favori kız grubunun ilan edilmemiş lideri. Bir kızda yan yana bulunması harikalar yaratacak iki özelliği gururla taşıyor; hem güzel, hem de zeki. Her Pazartesi sabahı ve her Cuma okul çıkışı, İstiklal Marşı sırasında bayrak direğinin altında yan yana dikilmekle görevlendirildiğim kişi de o. Herhangi bir törende sunucu mu lazım, öğretmenlerin aklına ilk gelen yine ikimiz. Okulun resmî olarak bizi yan yana koyduğu anlar dışında, Ceyda kilometrelerce uzağımda. Bense görünmez adamım.

Duvarda otururken ona bakıyorum uzaktan. Maç umurumda değil. Yanakları Mayıs güneşinden al al olmuş, bizim oğlanlar bastırdıkça neşeli çığlıklar atıyor. Pilili eteğiyle diz altı çoraplarının arasından azıcık görünen beyaz bacaklarını sallandırmış duvardan, ayağında minicik iskarpinler, yerinde zıpladıkça okuldaki son haftanın rahatlığıyla açık bıraktığı kestane saçları sallanıyor. Sahnedeki tek eksik rüzgâr diye geçirirken hain 13 yaş aklımdan, bir bahar esintisi önce sahanın kenarındaki ağaçları çırpıyor, peşinden sahadaki tozları kaldırıyor, derken Ceyda'nın eteğine uğruyor, iki saniyelik şölen, Ceyda ani bir refleksle eteğini havada yakalıyor, bacaklarının üzerine indiriyor. Hayatın daha sonra defalarca ispatlayacağı üzere, güzel şeyler kısa, çok kısa sürüyor. Dirsek atıyorum Memet'e, "Gördün mü!" Memet tanıdığım en saftirik oğlan, dünyadan haberi yok, sırf bu yüzden her terk edildiğimde ona ağlayacağım, beni başka başka masalardan toplayıp evine götürdüğünde onun yatağına kusacağım bir ömür.

Ben Ceyda'nın süt dizlerine dalıp gitmişken, bizim takımın favorisi Cenk'in son saniyede vurduğu top, karşı takımın filesiz kale demirlerinin arkasındaki duvarda patlayınca, ortalık şölene dönüyor. Maçı kazanıyoruz. Cenk omuzlara alınıyor. Ceyda "Yaşa Cenk!" diye bağırıyor, atlıyor duvardan, sahanın kenarında alkış tutuyor hunharca. Benim rüzgârla işbirliğim sonucu kazandığım, en yakın arkadaşımla dahi paylaşamadığım mini zaferim gölgeleniyor. Cenk, Amerikan tıraşı terli saçlarını eliyle geriye atıp gamzeli bir gülümsemeyle seyircisine bakıyor. Alkışlamak istemiyorum onu. Sevinmek istemiyorum. Ceyda tezahürat tutuyor, "Domatesin çekirdeği kırmızı kırmızı, 7/A bu okulun yıldızı yıldızı." Memet oralı değil, gözlüğünü siliyor kravatının ucuyla o sırada, uzağı göremiyor zaten baksa da. Bir şeylerle meşgulmüşüm, takımın zaferi falan umurumda değilmiş, daha önemli işlerim varmış gibi görünmek için cebimden not defterimi çıkarıyorum, boş bir sayfa açıp "Ceyda'nın dizleri" yazıyorum, bir daire çiziyorum sonra çevresine. Cenk omuzlarda sahayı dolanıyor.

Ceyda serviste Cenk'in yanına oturuyor o gün okul çıkışı. Bense en arka sol köşeyi kapmışım herkesten önce koşup. Konuştuklarını duymamak için walkman'in sesini köklemişim, başa sarıp sarıp aynı şarkıyı dinliyorum, *Oh papatya, son bir defa bana bak, seninle kim kalacak, ışıklar kapanınca, benden çok uzakta.* Pencereyi açıyorum sonuna kadar, tek dostum rüzgârın yüzümü yalamasına izin veriyorum.

Kırıldık

Çıt diye kırılıyor iki insan. Bir vakit kaynadıkları yerden. Kimse duymuyor. Arabalar geçiyor sokaktan. Çocuklar koşuyor. Küfrediyor biri. Bir kadın camdan bağırıyor mahalle bakkalına: "Kadir, iki ekmek!" "Tamam, abla! Hemen!" Pof diye bir torba iniyor gökten yolun ortasına, başka bir kadın her gün aynı saatte çöp torbasını atıveriyor mutfağın camından. Kimse duymuyor o incecik kırılma sesini, hayatın gürültüsü patırtısı içinde. Bir tek ikisi.

Camın önüne çektiğim sandalyede oturmuş, kulağımda akşamüstünün sesleri, sigara üstüne sigara içiyorum. Kırılan yerimi yokluyorum başparmağımla, onun bir "Hoşça kal" notuyla kopup gittiği yeri. "Hayret," diyorum, "daha çok acır sanmıştım." Galiba kalmamış bizden geriye bir şey, ondan. Azalarak yok olmuşuz, ondan acımıyor. Lavabo giderine hızla akan su gibi yitip gitmiş her şey. En sonunda oradan ömür artıklarımızın toplandığı bir kanalizasyona ulaşmış. Bir an olsun durmamış. O kadar hızlı akmış ki, tortu bile tutmamış. Kadir'e seslenip bir büyük istiyorum.

Ezan sesi akşamı ve beraberinde babaların eve geliş saatini

anons ediyor. Çocuklar apartman kapılarına koşuşuyor düğmesine basılmış oyuncaklar gibi bir bir. Çocuk sesinden eksiliyor sokak. Esnaf, kapı önüne attığı sandalyeleri, kasaları, üzerinde havlu kuruttuğu çamaşırlıkları içeri alıyor ağır ağır. Hava, içine suluboya damlamış bardak gibi koyulaşıyor. Yaz kızartmasının kokusu içeri sinmesin diye açık bırakılmış mutfak balkonlarından tabak çanak sesi yayılıyor sokağa. Sanki her şey yolundaymış gibi geliyor bir an. Mahalle hep bir ağızdan "Boş ver, bu da geçer" diyor, bir yandan da sırtımı sıvazlıyor sanki. Kokular içimi okşuyor. Taze ekmek, kendini yağın kollarına bırakmış patlıcan, yeni kesilmiş karpuz, anason. Hayat dar alanda o kadar da çekilmez bir yer değil, diye geçiriyorum içimden. Televizyon açmadıkça, gazete okumadıkça, o kadar da tatsız bir yer değil.

Kapı çalıyor, bakkalın çırağı gazeteye sardığı şişeyi uzatıyor. Gazetede bir habere takılıyor gözüm, bir foku domuz kurşunuyla başından vurmuşlar dün. Gazete, otopsi için morga kaldırıldığını söylüyor.

Sarı Elmalar

Akşam. Hepimiz oturma odasında televizyon maharetiyle yarattığımız orta sınıf cennetimizde sessizce uykumuzun gelmesini bekliyoruz. Dışarıdan baktığında penceresinde mavi ışıkların kırpışıp durduğu apartman dairelerinden biri ev dediğimiz yer. İçinde biz; anne, baba ve çocuktan oluşan çekirdek ailemiz. Bu kadarız. Toplumun en temel yapıtaşıyız. Öyle diyor dörde bölünmüş televizyon ekranındaki çokbilmiş kafalardan biri. Sosyologmuş. "Aile," diyor, "çok mühim." Kelini kaşıyor sonra. Kamera sunucuya dönüyor, sunucu sıkıcı sorularından hangisini soracağına karar veremiyor, makyajın bile örtemediği aptallığıyla elindeki kâğıda bakıp bakıp duruyor. "Evet, toplum ailesiz bir hiç, haklısınız." Öyle diyor. Her gün oto sanayiden eve beş karış suratla dönen babamsız bir hiç toplum. Akşama dek ruhundaki eski bir lekeyi çıkarmaya çalışır gibi hunharca evin orasını burasını ovan, kendinden büyük halıları çıldırmış gibi balkondan çırpan annemsiz bir hiç toplum. Allahın her günü giyilmekten dizleri çıkmış eşofman altımla gazetenin İK ekine bakarken, bir yandan "Aslında gitmek gerek buralardan" diye hayallenip, peşine "Anne akşama ne pişircen?" diyen ben olmadan da bir hiç. Biz olmasak yıkılıverecek bir toplumun omuzlarımızdaki ağır yüküyle, annemin evlendiğinden beri değiştirmenin hayalini kurduğu koltuk takımının farklı birimlerinde gecenin bitmesini, göz kapaklarımızın yavaş yavaş kapanmasını bekliyoruz. Annem mesaisinin son görevini yerine getirerek, itinayla soyup bıçağın ucuna sapladığı elma dilimlerini uzatıyor bize doğru. Babam bakmıyor bile o yana. Beni gösteriyor ardından bıçağın ucu. Annemin elleri çamaşır suyu kokuyor. "İstemem" diyorum. Annemin eli hafifçe aşağı iniyor. Babam kalkıp balkona çıkıyor. Sigara içecek. Bir derdi olup da söyleyemeyen bütün babalar gibi balkona çıkıp, kısa kollu gömleğinin cebindeki paketi çıkarmadan, bir tek sigara çekip yakacak. Annem televizyona bakıyor gibi yapıyor ama bir şey gördüğünü sanmam. Evde bana söylenemeyen şeylerin gerginliği var. "Çocuk üzülür" deyip halının altına süpürülen şeylerin gerginliği bu. Kendisi olmayan ama evin üzerine düşürdüğü gölgelerini iyi bildiğim şeyler. Oturma odasının Nil yeşiline boyalı duvarlarına çarpıp duran, tepedeki floresan cızırdadıkça semiren, koridordaki ahşap duvar saati, saat başlarını vurdukça gelip içime ince ince kesikler atan, rüzgâr eski çerçevelerde uğuldadıkça kalbimi sıkıştıran şeyler. İçindeki sarı tatsız elmalarla birlikte plastik meyve sepetini kucaklıyor ne zaman sonra annem, eğlencesiz kış meyveleri, ayağını altından kurtarıp kalkıyor, ayağı uyuşmuş, ofluyor, terliğinin tekini arıyor, sehpanın altında buluyor, söylene söylene içeri gidiyor.

O geceden bir yıl sonra babam balkondan içeri girecek. Oturma odasındaki masanın bir ucuna oturacak. İçine kaçmış gözleriyle, sararmış bıyığıyla bana bakacak. Sonra elime para tutuşturup bakkala gönderecek. "Bir büyük kap da gel." Koşarak gideceğim. Sanki ne kadar hızlı gidersem o kadar hızlı geride bırakacağım o annesiz boşluğu. Annemin hep yatağın üstüne örttüğü kaplanlı battaniyeye sarılıp hiç girmediğimiz salonda, hiç oturmadığımız koltukların ortasındaki hiç basmadığımız halının üzerine öylece sırtüstü bırakılışından o kadar uzağa kaçacağım sanki. Bulutlar o kadar hızlı dağılacak. Geldiğimde babamın bir ucunda oturduğu masada dört limonata bardağı bulacağım. Bir de plastik meyve sepeti. Rengi uçmuş. İçinde sarı elmalar. Babam ikimize de rakı dolduracak. Sonra bir elma alacak sepetin içinden. Kabuğunu hiç koparmadan soyacak kalın parmaklarıyla. Sanki dünyanın en önemli işini yapar gibi yavaşça soyacak. "Kabuğunu tek seferde koparmadan soyarsan, sevdiğine kavuşurmuşsun..." demek isteyeceğim bir an, dilimi ısıracağım. Sonra bir dilim kesip, bıçağın ucuna saplayıp bana uzatacak. Elleri makine yağı kokacak. Alacağım uzattığı dilimi. "Baba," diyeceğim, "şu duvarları boyatsak. Başka renge." İçimden "Aile," diye geçireceğim, "mühim falan değil. Sosyologlar yanılıyor. Mühim olan annedir, o kadar."

Anneannemin Takma Dişleri

Anneannesinin mutfağında büyüyen çocuktum ben. Onun ocağında bir tencerenin biteviye fokurdayıp durduğu, kızdırılmış tavada illaki bir şeylerin cızırdadığı, reçelin köpüğünün tam zamanında alındığı, kahvelerin son anda taşmaktan kurtarıldığı, ayıklamakla görevlendirildiğim mercimeğin içinde taş bulunca kahraman ilan edildiğim mutfaktı orası. Sabah çayın altının yakılmasıyla hayat başlar, akşam çayın altının söndürülmesiyle günün bittiği haber verilirdi. Tupturuncu bir formika masa vardı ortada. Hayatımın ortasında duruyor o masa hâlâ, ne zaman gözlerimi kapatsam. Bir de balkonu vardı ki. Anneannemin boş elma sandıklarını birbirine çakıp, üstüne kilim örterek yaptığı divanda, patates soğan sepetlerinin, turşu bidonlarının arasında kaç yaz geçirdim. Hayatımın en güzel günleriymiş meğer.

Akşamları herkes yemekten sonra televizyonun karşısına çivilenince, anneannem bulaşığa girişir, bol köpüklü sularda bardakları, tabakları ovdukça damla şeklindeki altın küpeleri ve eteklerinin uçları sallanırdı. Islanmasın diye kollarını kıvırdığı bluzu kayıverince bileklerine, bana dönüp "Kızım çekiver şunları yukarı" derdi. Her şeyi durulayıp üst üste dizer, mutfağa yıkanmış bulaşıkların sakinliği çökerdi sular süzülürken beyaz tabaklardan. Çay koyardı sonra iki tane, benimki paşa. Balkona çıkardık. Anneannem çıkmazdan evvel dev Vita kutusunun arkasına sakladığı Maltepe'sinden bir tane alırdı. Sinek gelmesin diye ışığını açmadığımız balkonda, karanlıkta otururduk. Sigarasının kırmızı harı yanıp sönerken, bitmek bilmeyen sorularımı cevaplardı sonsuz bir sabırla. "Anneanne şu yıldız kutup yıldızı mı? Anneanne okullar açılınca ben eve geri mi döneceğim? Anneanne yarın kurabiye yapalım mı?" Karşımızda dut ağaçları hışırdayıp dururdu. Arabalar geçerdi uzaktan, farlarının ışığını görürdük sadece. Hayatımın en güzel geceleriymiş meğer.

Sonra öldü anneannem bir gün. Hiç hesapta olmayan bir şekilde. Nasılını anlatacak değilim ama o akşamüzeri dünyaya göktaşı çarpsa daha az etkilenirdik, bunu biliyorum. Bir gecede büyüyormuş insan. Bir de bunu biliyorum. Apar topar dedemin uzaktan akrabalarından birinin evine bırakıldım o gece. Üç gün sonra annem bembeyaz suratıyla gelip alacaktı beni bırakıldığım akraba evinden. Arabada hiç konuşmayacaktık. Ondan sonra hayat nasıl olacaktı, soramayacaktım anneme.

Bana hiç kullanılmayan misafir odasında yatak yaptılar akraba evinde o gece. Önce bir tabak çorba koydular önüme, içmedim. Ekmek arası peynir verdiler, ona da dokunmadım. Sonra acayip kokan bir pijama verdiler üzerime, hık mık ettim ama mecbur giydim. Eski mobilyaların tıkırdayıp durduğu odanın ortasına, yere atılmış yün yatağa kıvrıldım. Uyumak tek çaremdi. Uykudan başka kaçacak yerim yoktu. "Anneannen öldü" demişlerdi. Beni paket yapıp bu eve getirmişlerdi. Bu kadar. Beni aklımda dönen milyonlarca soruyla baş başa bırakmışlardı. Paralize olmuştum. Üzülecek bir boşluk yaratamamıştım henüz kafamın içini kaplayan şaşkınlıktan.

Uyudum da uyumasına. Ama birkaç saat sonra korkunç bir diş ağrısıyla uyandım. Hayatımın sonuna kadar beni rahat bırakmayacak dişlerim ilk kez o gece, o çorba kokan, çocuksuz misafir evinde su koyverdi. Sağa döndüm, sola döndüm. Yok, mümkün değil, dayanamıyorum. Tuvalete gittim. Yüzüme su çarptım. Mutfağa gittim, su içeceğim, koridorun ışığı yandı. Ev sahibi kadın "N'oldu evladım?" deyip panikle yanıma geldi. "Dişim ağrıyor" dedim. Başladım ağlamaya. Koştu, kocasını uyandırdı. "Cemal," dedi, "kız çok kötü. Ne yapsak annesini mi arasak?" "Kadının derdi başından aşkın, hallederiz, dur sen..." deyip önümde diz çöküp omuzlarımdan tuttu adam. Kocamandı elleri. "Senin çareni biliyorum ben" dedi. Buzdolabını açtı, üzerinde Yeni Rakı yazan şişeyi çıkardı. Kadın, "Ne yapıyorsun Cemal?" deyince, "Diş ağrısına en hızlı bu iyi gelir" deyiverdi adının Cemal olduğunu öğrendiğim adam. Kadın koştu pamuk getirdi banyodan, üzerine rakı döküp dişime koydular, yatağa yatırdılar. Dakikasında yine sessizliğe gömüldü ev.

Sırt üstü uzanmış, tadını ilk kez aldığım anasondan dilim damağım uyuşmuş, hâlâ sızlayan hain dişimin ağrısının geçmesini bekledim. Geçtiği falan yoktu. İyice yayıldı sızısı ağzımın içine. Kafamın tamamını ele geçirdi sanki. Başımı yastıkta sağdan sola çeviremiyorum, ıstırap içindeyim. Kalktım, olacak gibi değil. Parmak ucunda çıt çıkarmadan mutfağa gittim. Ağzımın içindeki pamuğu çıkarıp biraz daha rakı döktüm üzerine, aynı yere geri koydum. Biraz fazla dökmüşüm rakıyı, pamuğu iki dişimin arasında sıkınca çoğu boğazımdan aşağı indi, artık boğazım da yanıyordu. O gece sabaha kadar yatakla buzdolabı arasında kaç tur yaptım bilmiyorum. Güneş doğmaya başladığında, oda etrafımda dönüyordu. Midem fenaydı. Dişimin ağrısının geçtiği falan yoktu. Bir ara nasıl olduysa sızmışım.

Üç gün sonra annem geldi. Arabaya bindik, yolda hiç konuşmadan anneannemin evine gittik. Evde kimse yoktu, anahtarla kapıyı açtık. Girişte kocaman bir kutu vardı, "Ne bu?" dedim anneme. "Anneannene anneler günü hediyesi bulaşık makinesi almıştık, onu getirdiler dün" dedi. Sesi kısılmıştı. Mutfağa girdim. Bulaşıklar tertemiz, bütün suları süzülmüş, baş aşağı duruyorlar tezgâhın üzerinde. Hiçbir değişiklik yok ortalıkta. Birden aklıma geldi, Vita kutusunun arkasına uzattım elimi, elim sigara paketine değdi, alıp cebime koydum annem görmeden. Sonra mutfaktaki turuncu formika masanın üzerinde bir gazete gördüm, bir şeyi örter gibi, altında bir şey var gibi duruyordu masada. Kaldırdım anneannemin takma dişleri üst üste konmuş, gülümsüyordu.